KB250040

베니스의 상인

MINI BOOK
CLOUD
LIBRARY
41

베니스의 상인

The Merchant of Venice

윌리엄 셰익스피어 지음

이재호·이한준 옮김

생각뿔

차례

〈등장인물〉

베니스의 공작
안토니오 베니스의 상인
샤일록 사채업자, 유대인
포셔 벨몬트의 여성, 부유한 집안의 상속인
바사니오 안토니오의 친구, 포셔의 구혼자
그라시아노, 솔라니오, 살레리오 안토니오와 바사니오의 친구들
모로코 왕자, 애러건 왕자 포셔의 구혼자
제시카 샤일록의 딸
로렌초 제시카의 연인
란슬롯 고보 광대, 샤일록의 하인
고보 노인 란슬롯의 아버지
튜발 샤일록의 유대인 친구
리어나도 바사니오의 하인
밸다자, 스테파노 포셔의 하인
네리사 포셔의 시녀

그 밖에 베니스의 고관들, 재판소의 직원들, 간수, 하인들, 시중들

〈장소〉

베니스 일대와 벨몬트의 포셔 저택

The Merchant of Venice

1장

(베니스의 나루터. 안토니오와 살레리오, 솔라니오가 사담을 나누며 등장)

안토니오 아아, 왜 이렇게 마음이 울적한 걸까.

나도 그 이유를 모르겠어. 정말 넌더리가 날 정도야.

너네도 그렇다면서? 그런데 내가 왜 이런 상태에

빠진 건지,

그 이유를 대체 알 수가 없으니 그저 답답하기만 해.

이토록 슬픈 감정 때문에 마음이 오락가락하다니

나는 아직 나를 잘 모르는 것 같아.

살레리오 네 마음이야 드넓은 바다 같지 않나.

네가 지닌 상선은 돛을 올리고는 여유로운

유지(有志)나 부자,

아니지, 바다 위에서 넘실대는 황금 마차처럼 지나가겠지.

그러니 웬만한 배들은 네 배를 향해 찬사를 보낼 것이고.

솔라니오 당연하지. 내가 그런 도전을 저질렀다면

나는 도전의 성과에만 온통 마음을 쓰며 매달려 있겠지.

쉴 틈 없이 풀을 뜯어 바람 부는 방향을 확인하고,

쉴 새 없이 지도를 뒤지며 항구나 부두 등을

찾아보려 할 거야.

혹여나 내 도전을 방해하는 모든 일은
분명 나를 슬프게 만들고 말겠지.

살레리오 내가 그런 도전을 했다면,
그저 국물을 식히기 위해 후후 바람만 불어도
혹여나 바다에 강한 영향을 주지 않을까 싶어 전전긍긍
하다가
열병에 걸리고 말았겠지.
또 모래시계에서 모래가 흘러내리는 모습만 봐도
바다의 여울이나 모래사장을 생각하겠지.
그러니 상품을 가득 실은 앤드루 상선이 모래에 처박히고,
돛대 위쪽 부분은 내 가슴 아래에 처박히는 바람에
곧장 무덤에 입을 맞추겠다는 상상을 할 수밖에 없는
법이네.
게다가 교회에서 성스러운 석조 건물을 볼 때면
난 곧바로 위태로운 암석을 떠올리겠지.
그 암석이 상선의 가장자리에 부딪친다면
곧 향료들은 모조리 바다에 흩뿌려지고 말 테고,
사나운 파도는 비단옷을 입은 모양이 되겠지.
다시 말해 막대한 재산이 한순간에
재가 되고 말 것이라는 상상이 드는 것이지.
이런 생각이 든다면 어떻게 우울해지지 않을 수
있겠어?

그러니 굳이 말하지 않아도 알아. 네가 교역을 위해
내놓은 물건 때문에 얼마나 우울한지 말이야.

안토니오 그 때문은 아니야.
다행히 난 배 한 척이나 어떤 장소 한 곳에만 투자하는
모험을 부리지는 않았네. 또 내 재산이 이번 한 해의
교역 때문에 크게 좌지우지되는 것도 아니야.
그러니 교역 때문에 우울한 건 아니지.

살레리오 그럼 사랑에 빠진 건가?

안토니오 에이, 아니야!

솔라니오 사랑 문제도 아니라고?
음, 그럼 일단 즐겁지 않으니 울적한 것이라고 해 두지.
왜냐하면 그건 슬프지 않으니 웃고 뛰며 즐겁다고
말할 수 있는 것과 같으니까.
두 얼굴을 지닌 야누스에게 맹세컨대
조물주는 종종 이상한 사람들을 빚어내는 듯해.
어떤 이는 얼굴을 찡그린 채 가느다란 눈을 뜨고
있으면서도
피리 부는 사나이만 보면 앵무새처럼 깔깔대지.
하지만 어떤 이는 역시 얼굴을 찡그리고 있는 가운데
현명한 네스토르(그리스 신화에 나오는 장수)가 보증하는
우스운 농담에도 전혀 이 하나 보이지 않으니 말이야.

(바사니오, 로렌초, 그라시아노 등장)

솔라니오 아, 저기 네가 가장 아끼는 바사니오가 오네.

그라시아노와 로렌초도 오고 말이야.

그럼 저분들이 왔으니 우린 이만 가 보지.

살레리오 너를 더 위로해 주고 싶었지만,

더 나은 친구들이 왔으니 나도 이만 가 볼게.

안토니오 내가 너희를 얼마나 아끼는데!

너희는 그저 할 일이 생겼기에 가려는 걸 테지.

살레리오 어서 오게.

바사니오 이봐, 두 친구.

우린 언제 같이 웃고 떠들 수 있는 건가? 언제가 좋겠어?

우리 너무 데면데면한 거 아니야, 정말?

살레리오 다음에 때가 되면 보겠지. 그럼.

(살레리오, 솔라니오 퇴장)

로렌초 바사니오, 이제 안토니오를 만났으니

나도 그라시아노랑 이만 가 봐야겠어.

하지만 해가 질 무렵 우리와 만나기로 한 약속은

잊지 말고.

바사니오 암, 물론이지.

그라시아노 안토니오, 왜 이리 안색이 안 좋아 보여?

　세상만사에 대해 너무 고민하는 거 아냐?

　너무 사서 고생하면 도리어 결과가 안 좋은 법이네.

　정말 깜짝 놀랄 만큼 변해 버렸네.

안토니오 이봐, 나는 그저 세상을 세상대로 대할 뿐이라고.

　다른 말로 하자면, 우리 모두 연극하는 무대에

　있다고나 할까?

　난 그 연극에서 우울한 배역을 맡은 것이지.

그라시아노 그럼 난 어릿광대 역을 해야겠어.

　그래서 깔깔 웃음을 터뜨리며 기쁨에 가득 차

　주름이나 잔뜩 생기게 해야지.

　고통스럽게 심장을 식히느니

　포도주를 마셔 간을 데우고 말겠어.

　이처럼 뜨거운 피를 가진 놈이 어째서

　늙은 석상처럼 앉아 있냔 말이야!

　눈을 뜬 채 조는 모습이라니! 생각에 빠져 황달병에

　걸리다니!

　안토니오, 너를 사랑하니까 하는 말이지만

　이 세상에는 그런 사람들도 있어.

　물이 고인 연못처럼 얼굴을 가리고

　일부러 침묵을 지키는 사람들을 말이야.

　그들은 지혜롭다느니 위엄 있어 보인다느니

사려 깊어 보인다는 긍정적 평판을 듣고 싶어서
"나는 신이 점지하는 사람이네.
그러니 내가 입을 열 때면
어느 개도 짖어선 안 될 것이야!" 같은 말을
늘어놓곤 하지.
아아, 안토니오. 난 그런 사람들을 몇몇 알고 있어.
아무 말도 안 했기에 현명한 사람으로 대우받는
사람들 말이지.
하지만 분명 그들은 입만 열면 어리석은 소리만
늘어놓을 테지.
좌우지간 이 이야기는 다음에 이어 하기로 하지.
어쨌든 안토니오, 우울증이라는 미끼로
현자(賢者)라는 어리석은 물고기를 낚으려 하지 마.
로렌초, 우리도 그만 가세.
못 다 한 설교는 식사한 이후에 마저 하도록 하지.

로렌초 그럼 식사 시간 때 보세.
당최 그라시아노가 내게 말할 틈을 주지 않으니
나도 그런 어리석은 현인이 될 수밖에 없군.

그라시아노 음, 그럼 한 2년만 나랑 같이 다녀 봐.
그럼 넌 네 목구멍에서 나오는 소리마저 잊어버리고
말 테니까.

안토니오 다들 잘 가. 나도 이제 말을 좀 많이 해 봐야겠어.

그라시아노 그래, 그게 좋겠어.

침묵이 소의 마른 혀나 시집을 못 가는 노처녀에게만
긍정적으로 받아들여질 테니 말이야.

(그라시아노, 로렌초 퇴장)

안토니오 원, 별소리를 다하네.

바사니오 정말 끝도 없이 허튼소리를 지껄이는군.

베니스의 모든 사람을 통틀어 그런 걸로는
아마 저놈이 으뜸일 거야. 물론 그 가운데 합당한 말은
밀 두 가마니에서 고운 밀알 두 개를 찾는 것과 같지.
온종일 찾아서 겨우 손에 넣어도
그럴 만한 가치가 없는 거라고.

안토니오 그나저나 그 숙녀는 대체 누구야?

자네가 몰래 찾아갈 것이라 했던 그 여인 말이야.
오늘은 내게 말해 주기로 했잖아.

바사니오 너도 알겠지만, 나는 미천한 내 재력보다

분에 넘친 생활을 하느라 재산을 꽤 많이 축냈지 않나.
물론 호화스러운 생활을 못 한다고 슬퍼하는 것은
아니지.
어쨌든 요즘 내 화두는 방탕했던 세월 동안 쌓인 빚을
모두 갚아 나가는 것이야.

안토니오, 난 너에게 많은 신세를 지고 있어.
경제적인 면에서나 친교적인 면에서 말이야.
그러니 난 우리의 우정을 믿고 이 빚을 청산하기 위한
모든 계획과 목표를 털어놓겠어.

안토니오 그래, 그게 뭔지 어서 알려 줘.
내 명예를 깎아내리는 일만 아니라면,
단언컨대 나는 내 몸뿐만 아니라
내가 할 수 있는 모든 걸 네게 줄 거야.

바사니오 학창 시절에 나는 화살 하나만 잃어버려도
그것을 찾기 위해 다른 화살을
같은 방향으로 날려 보내는 버릇이 있었지.
둘 다 잃을 걸 각오하고 종종 둘 다 찾았었어.
이렇게 예전 이야기를 하는 이유는
내가 이제 하려는 말이 진심이기 때문이야.
난 네게 많은 빚을 졌지만,
그 빚은 받을 수 없다고 생각하는 게 나을 거야.
하지만 네가 먼젓번과 같은 방향으로
화살을 한 대 더 쏴 준다면, 난 그 과녁을 꼭 유심히
살펴볼게.
그렇다면 분명 두 가지를 모두 찾거나,
적어도 두 번째 화살만은 찾아와서
한 가지 채무만 남아 있는 것에 감사하는 사람이 되겠지.

안토니오 넌 날 익히 알잖아.

이렇게 겉도는 말만 해 봤자 시간 낭비일 뿐이야.

내가 너를 위해 최선을 다하겠다는 걸 의심하는 건

내 모든 재산을 네가 탕진해 버리는 것보다

내게 더 큰 잘못을 저지르는 셈이야.

그러니 내가 할 깜냥이 된다고 생각한다면 어서

말해 줘.

준비는 다 돼 있어.

바사니오 다름 아니라 벨몬트에

거액의 유산을 물려받은 한 여인이 사는데, 그녀는

외모도 아름답지만 그보다 더 아름다운 심성을 지녔어.

나는 그녀의 눈에서

그녀가 날 좋아한다는 신호를 느끼기도 했지.

그녀의 이름은 포셔야. 한 마디로 그녀는

카토(로마의 정치가)의 딸이자 브루투스

(로마의 공화제를 창시한 정치가)의 아내인 포르키아

못지않지.

그러니 온 세상의 명망 있는 구혼자들이 안 달려들고

배기겠어?

게다가 그녀의 빛나는 머리카락은

황금 양털처럼 이마에 드리우고 있어.

그러니 벨몬트에 있는 그녀의 집 앞에는

콜키스 바다(그리스 신화에서 황금 양털이 있다고 알려진 곳.
그리스의 영웅 이아손이 이를 차지함)처럼
무수한 이아손이 그녀를 만나려 하지.
안토니오, 내가 그들과 견줄 재력만 있다면
분명 난 좋은 운수로 성공을 거둘 수 있을 거야.

안토니오 하지만 이미 내 모든 재산이 바다 위에 있다는 건
너도 잘 알겠지. 지금 내 수중에는 현금도 현물도 없어.
음…… 그럼 베니스에 가서
내 신용으로 돈을 빌려 보면 어떨까?
조금 무리해서라도 최선을 다해 볼게.
그럼 벨몬트에 있는 포셔라는 여인에게 다가갈 비용
정도는 얻을 수 있을 테니.
자, 어서 가서 돈을 얻을 만한 곳을 찾아보지.
나도 알아볼게.
내 신용이나 친교를 봤을 때
돈을 얻는 건 그리 어렵지는 않을 거야.

(모두 퇴장)

2장

(벨몬트의 포셔 저택. 포셔, 네리사 등장)

포셔 아이참, 진짜라니까. 네리사, 작은 내 몸은
　　이렇게 큰 세상에 그만 넌더리가 나 버렸어.

네리사 그럴지도 모르지요. 아씨의 불운이
　　아씨가 지니신 행운만큼 많다면 말이지요.
　　제가 잘 알지는 못하지만, 음식을 과다하게 먹는
　　사람들은 음식을 먹지 못해 괴로워하는
　　사람들만큼이나 괴롭다네요.
　　심지어 음식을 적당히 먹을 수 있는 것도
　　절대 흔히 있는 행복이 아니에요.
　　과다한 욕심을 부리면 흰머리가 더 빨리 세고,
　　적당한 만족을 누리면 더 오래 살 수 있다지요.

포셔 멋진 말이네. 게다가 너도 참 멋지게 말했어.

네리사 실천만 잘 하신다면 더욱더 좋겠네요.

포셔 덕행을 갖추는 것이 덕행을 단지
　　알기만 하면 되는 것처럼 쉬운 일이었다면 어땠을까.
　　아마 작은 교회도 대형 교회 같아지겠고,
　　곤궁한 이들의 오두막도 군주들의 궁궐 같아지겠지.
　　자신이 가르친 것을 몸소 실천하는 성직자는

정말 훌륭한 분일 거야. 나도 스무 명한테
덕행을 갖추라 권하는 일은 쉽게 하겠지만,
정작 덕행을 갖추려면 두 손 두 발 다 들고 말 거야.
머릿속에서 아무리 욕구를 제어하려 해도
내 뜨거운 피는 차디찬 억제 따위는 가뿐히
무시하지 않나.
미친듯 날뛰는 청춘은 토끼와 같기에
절뚝거리는 충고의 올가미는 가볍게 뛰어넘어
버리는 법이지.
하지만 이런 식으로 생각해 봤자
내 남편을 추릴 수도 없는 노릇이야.
어머, '추리다'는 말을 하다니!
난 내가 바라는 사람을 고를 수도 없고,
싫은 사람을 추릴 수도 없어. 아아, 돌아가신 아버님의
의지를 살아 있는 딸이 꺾지 못하는 내 팔자!
네리사, 내가 누군가를 선택도 거절도 못 한다는 건
너무 잔인한 일 아니니?

네리사 아씨의 아버님은 참 고결한 분이셨어요.
또 그런 분은 죽음이 다가올 때
굉장한 생각을 떠올리곤 하신다지요.
그러니까 그분께서는
금, 은, 납으로 된 세 개의 상자를 만들고

그분의 뜻에 맞는 사람이 아씨를 선택하도록 하셨는데,

정말 아씨를 사랑하는 분이라면 분명

그분의 뜻에 합당한 상자를 뽑으실 수 있을 거예요.

혹시 여태껏 찾아온 구혼자 중에

아씨가 진정으로 마음에 드는 분이 있으셨나요?

포셔 그럼 네가 생각나는 이름을 한 명씩 대 봐.

그럼 내가 각자 그들을 설명할 테니,

그 말로 내 마음을 알아봐도 좋겠어.

네리사 먼저 나폴리의 왕이 있었지요.

포셔 아! 그 사람은 무슨 망아지인 줄 알았어!

온종일 자기 말에 대한 이야기만 한다니까!

게다가 자신이 말에게 편자를 신길 수 있다는 걸

무슨 대단한 자랑거리로 여기고 있어.

아마 그의 어머니가 대장장이와 놀아난 건 아닐까?

네리사 그럼 팰러타인 백작은요?

포셔 그는 얼굴을 찡그리는 일밖에 못 하는 것 같아.

마치 "내가 싫다면 당신 마음대로 하시오!"라고

말하는 것 같지.

그는 아무리 즐거운 이야기에도 전혀 미소 짓지 않아.

그런 막돼먹은 버릇을 지녔으니,

늙어서는 울기만 하는 철학자가 될지도 몰라.

아아, 저 사람들과 연을 맺느니 차라리

뼈다귀를 문 해골과 결혼하고 말겠어.

제발 얼씬도 하지 않았으면!

네리사 그럼 프랑스 귀족 르봉 씨는요?

포셔 그분은 하느님이 빚어 주신 분이니

그래도 사람대우는 해 줘야겠군.

남을 조롱하는 게 나쁜 일인 건 알고 있지만,

그 사람은 정말!

글쎄, 그는 나폴리 왕을 능가하게 말 자랑을 하고

팰러타인 백작보다 훨씬 더 많이 얼굴을 찡그린다니까?

그는 사람이지만 사람이 아니야.

어쩌다 티티새가 울어 대기라도 하면

자기도 곧장 경중경중 뛰어다녀.

심지어 자기 그림자와 칼싸움을 벌인다니까?

그러니 그 사람과 결혼한다면

스무 사람 정도와 결혼한 기분이 들지 않겠어?

그분이 나를 증오한다고 해도 나는 기꺼이 용서할 거야.

설령 나를 진심으로 사랑하더라도

나는 절대 거기에 응해 주지 않을 테니!

네리사 그럼 영국의 젊은 팰컨브리지 남작은요?

포셔 그 사람과는 도무지 말이 통하지 않으니!

우린 서로의 말을 알아듣지 못해.

그는 라틴어, 프랑스어, 이탈리아어도 모르지.

또 난 영어를 조금도 알아듣지 못한다는 건

네가 법정에서 증언해 줘도 좋을 정도로 명백해.

그는 조각 같은 외모를 지니기는 했지만,

대체 누가 팬터마임을 하는 사람과 대화를

나눌 수 있겠어?

또 옷차림은 얼마나 형편없는지!

아무래도 그의 조끼는 이탈리아에서,

나팔바지는 프랑스에서,

모자는 독일에서, 또 그의 언행은 세계 곳곳에서

제각각 사 온 것만 같아.

네리사 그럼 그의 이웃인 스코틀랜드의 귀족은요?

포셔 다른 사람을 위하는 마음이 아주 대단하지.

글쎄 언젠가 영국 사람에게 귀싸대기

한 대를 얻어맞더니

형편이 될 때 이를 꼭 갚아 주겠다고 맹세했다니까!

아마 프랑스 사람이 그의 보증을 서 주고,

자기도 한 대 때려도 되겠냐고 한 모양이지?

네리사 그럼 색스니 공작의 조카인 독일 청년은요?

포셔 그 사람은 정신이 멀쩡한 아침일 때도

포악하기 그지없지만,

술이 거나하게 취한 저녁이 되면 극도로 포악해져.

그는 최상의 상태에서도 인간 이하일 뿐이지만,

최악의 상태에서는 짐승과 진배없어.

그러니 내게 최악의 일이 벌어진다 하더라도

절대 그 사람에게 매달릴 일은 없도록 할 거야.

네리사 그렇지만 만약 그분이

아버님의 뜻에 합당한 상자를 기어이 골라냈는데

아씨가 이를 거절하신다면 그건

아버님의 유언을 받아들이지 않는다는 의미가 되겠지요.

포셔 그러니 그런 일을 미연에 방지하기 위해서

넌 라인산 포도주를 가득 채운 잔을

다른 상자 위에 올려놓기만 하면 돼.

그렇다면 설령 합당한 상자 안에 악마의 유혹이 있더라도,

그는 술의 유혹에 굴복하기에 다른 상자를 고르고 말겠지.

네리사, 난 그런 술꾼과 결혼하지 않을 수 있다면

무슨 일이라도 하고 말 거야.

네리사 아씨, 이제 걱정하실 필요 없어요. 그분들이 모두

자신의 집으로 돌아가겠다는 결정을 제게

알려 주었거든요.

그러니 이제 청혼 문제로 다시는 아씨를

괴롭히지 않겠지요.

물론 아버님의 유언 말고 달리 아씨를 얻을 수 있는

방법이 없다는 가정하이지만 말이에요.

포셔 설령 내가 시빌라처럼 오래 산다 하더라도

아버님의 뜻대로 결혼하지 못한다면
다이애나처럼 혼자 죽고 말겠어.
구혼자들이 그렇게 결정해 주다니 무척 고마운 일이야.
그중 누구 한 명이 없더라도 내가 슬퍼할 리는
없으니 말이야.
그저 그들이 무탈하게 집으로 돌아가기를
신께 빌 뿐이야.

네리사 아씨, 혹시 그 베니스 사람 기억하시나요?
아버님이 살아 계실 적에 몬페라토 후작과 찾아왔던
군인이자 학자 말이에요.

포셔 맞아. 바사니오…… 아마 그런 이름이었던 것 같아.

네리사 그래요. 아둔한 제 눈으로 보더라도 여러 사람 중
마땅히 아름다운 여인과 결혼할 자격을 갖추신 분
같았어요.

포셔 맞아. 나도 분명히 기억하고 있어.
네 칭찬대로 정말 훌륭하신 분이란 것도 기억나네.

(하인 등장)

포셔 무슨 일이야?

하인 어떤 네 분이 아씨에게
작별 인사를 건네고 싶어 하십니다.

또 다섯째 분인 모로코의 왕자님이 전령을 보내왔는데,
오늘 밤 왕자님이 이곳에 들르실 거라고 했습니다.

포셔 아, 네 사람을 떠나보낼 때의 기쁜 마음처럼
다섯째 사람을 기꺼이 맞이할 수 있다면 좋으련만.
설령 그분이 성인 같은 성품을 지녔더라도
얼굴색이 악마와 다름없다면,
내 아내가 될 생각은 꿈도 꾸지 말고
다만 내 고해나 들어 주면 좋겠군.
네리사, 넌 먼저 들어가.
구혼자 한 명을 보내니, 또 다른 구혼자가
찾아오는구나.

(모두 퇴장)

3장

(베니스의 길거리. 바사니오, 샤일록 등장)

샤일록 3,000더컷이라고? 흠…….

바사니오 그래요. 석 달 안에 갚도록 하지요.

샤일록 석 달이라고? 흠…….

바사니오 아까도 이야기했지만 안토니오가 보증을 서 줄 거요.

샤일록 안토니오 씨가 보증을 서 줄 거라고? 흠…….

바사니오 날 도와줄 건가요? 내 요청을 들어줄 거냐고요!

　　생각을 알고 싶군요.

샤일록 3,000더컷…… 석 달…… 안토니오 씨의 보증…….

바사니오 어서 말씀해 주세요.

샤일록 안토니오 씨는 괜찮은 분이지.

바사니오 그가 그렇지 않다는 소문이라도 들은 건가요?

샤일록 아, 전혀! 그럴 리가! 내가 괜찮다고 말한 것은

　　그의 재산이면 보증인으로 괜찮다는 말을

　　하려던 것이었네.

　　하지만 그의 재산은 그저 추측만 해 볼 수 있을 뿐이지.

　　그의 상선 한 척은 트리폴리로,

　　또 한 척은 인도로 가고 있다지?

　　심지어 내가 리알토(베니스 상업의 거점)에서

들은 바에 따르면,

어떤 배는 멕시코로, 또 어떤 배는 영국으로

가고 있는 데다가

세계 각국에 또 다른 투자를 했다는군.

하지만 배라는 것은 어디까지나 널빤지에 불과하고

뱃사람도 어디까지나 인간일 뿐이지.

땅에 사는 쥐가 있다면 물에 사는 쥐도 있기 마련이고,

땅에 사는 도둑이 있다면 물에 사는 도둑,

그러니까 해적도 있기 마련이지.

또 바닷바람과 암초의 위험 또한 도사리고 있지 않나?

하지만 그럼에도 그러면

내가 안심하고 보증을 맡길 수 있겠네.

3,000더컷이라고 했는가?

바사니오 너무 걱정하지 마세요.

샤일록 알겠네. 하지만 그렇게 하려면

내가 조금 더 고심을 해 봐야겠어.

혹시 안토니오 씨와 만날 수 있으려나?

바사니오 괜찮으시다면 저희와 같이 식사하셔도 좋겠지요.

샤일록 그럼 돼지고기 냄새를 맡아야겠군.

나사렛의 예언자가 요술을 써서

악마를 안으로 밀어 넣었다는 그 짐승을 먹어야겠어.

나는 당신들과 거래도 하고, 이야기도 나누고,

산책도 얼마든지 할 수 있지만 같이 식사는
할 수 없겠어. 물론 기도도 절대 하지 않을 거고.
아, 리알토에서 무슨 소식이 들려오려나?
저기 오는 사람은 누구지?

(안토니오 등장)

바사니오 저기 안토니오가 오는군요.
샤일록 (방백) 아, 저 아첨하는 세리(稅吏) 같은 꼴은 뭔가!
난 저놈이 기독교인이어서 너무도 그를 미워하지.
게다가 저놈은 어리석고 비겁하게도 무이자로
돈을 꿔 주니, 베니스의 우리 대금업자 사이에서
이자가 낮아질 수밖에 없잖나!
그러니 기회가 생긴다면, 내 숙원(宿怨)을
꼭 풀고 말리라!
저놈은 우리를 미워할 뿐만 아니라 여러 상인이
모인 곳에서도
나를, 내 장사를, 내 소득을 비하하기 바쁘지.
너무나 정당하게 모은 내 소득을 '이자'라고
비하하는 꼴이란!
설령 내 후손이 저주를 받더라도
난 절대 그를 용서하지 않으리라!

바사니오 저기요, 샤일록?

샤일록 아, 난 잠시 내가 수중에 얼마를 지니고 있는지

따져 보고 있었네. 한데 어림잡아 추산해 보니

당장 3,000더컷을 한번에 줄 수는 없을 것 같군.

하지만 너무 걱정 말게나.

우리 유대인 중에 튜발이라는 부자가 있는데

그에게 부탁하면 되겠지. 음, 몇 달 동안

써야 한다고 했소?

(안토니오를 보며) 아, 마침 당신 이야기를 하고 있던

참이었네.

안토니오 그렇군요, 샤일록 씨.

나는 그동안 이자를 받아 가며 돈 거래를 하지는

않았지만,

친구의 급전을 위해 이번만은 내 관행을 깨겠어요.

(바사니오를 보며) 얼마가 필요하다고 말했어?

샤일록 3,000더컷이라고 하더군.

안토니오 석 달 동안이라고도 했겠지요.

샤일록 아, 맞네. 깜빡했군. 석 달이라고 했지.

그럼 이제 거래만 하면……. 아차, 한데 당신은

이자를 붙이는 돈 거래는 하지 않는다고 하지 않았나?

안토니오 물론입니다. 절대 그런 일은 없지요.

샤일록 흠, 야곱이 자신의 외삼촌인

라반의 양을 다룰 때의 일인데 말이지.

아, 여기서 야곱은 현명하신 어머니 덕분에

세 번째로 상속권을 지니게 된 아브라함의 자손이네.

맞아, 딱 세 번째였지.

안토니오 네? 그래서 그분이 뭘 했다는 건가요?

이자라도 받았단 말인가요?

샤일록 그럴 리가!

당신이 생각하는 그런 이자를 받은 건 아니었지.

하지만 야곱이 어떻게 했는지 잘 들어 보게나.

야곱과 라반은 이런 약속을 했었네.

양이 새끼를 낳는다면, 그중에 얼룩무늬가 있는 건 모두

야곱이 품삯으로 가지기로 말이지. 그런데 그해
늦가을쯤

발정 난 암양들이 숫양들과 교미하고 있을 때,

이 똑똑한 목동은 나뭇가지의 껍질을 벗기더니

암양들이 한창 교미할 때 그 앞에 그 나뭇가지를

콱 박아 버렸네.

그래서 결국 암양들은 모조리 얼룩무늬 새끼를 낳았고,

그것들은 오롯이 야곱의 차지가 되었지.

야곱은 이렇게 부를 축적했고, 더불어 축복도

받게 되었네.

도적질만 하지 않는다면 많은 소득은

그야말로 축복과 같은 일이니까.

안토니오 음. 야곱은 큰 위험을 무릅쓰고

나름의 도전을 했군요. 하지만 그 결과는

자신의 힘이 아닌 하느님의 손에 좌우되는 것이랍니다.

그런데 당신은 혹시 당신의 밥벌이를 옹호하기 위해

이 이야기를 꺼낸 건가요?

아니면 당신의 재산이 모두 암양과 숫양이란 말인가요?

샤일록 잘 모르겠네. 나는 그저 내 재산이 빨리

새끼를 치길 바랄 뿐이지. 하지만…….

안토니오 (방백) 바사니오, 저 말 들었나?

악마가 자신을 옹호하기 위해 성경을 인용하는 꼴을!

사악한 인간이 성경을 인용하는 것은

악마의 미소나 다를 바가 없지. 겉으로는 멀쩡한 사과가

속으로는 아주 문드러져 있는 꼴이라고!

아아, 그 모습은 얼마나 아름다운지!

샤일록 3,000더컷이라니! 너무나 거금이군.

게다가 1년 중 석 달 기한이라…….

어서 이자를 계산해 봐야겠어.

안토니오 그래요, 얼마나 나오나요?

샤일록 이봐, 안토니오. 나는 이미 리알토에서

내 돈과 밥벌이에 대해 당신이 여러 번 나를

비하했던 이야기를 들은 바 있네.

그래도 난 애써 이를 외면하며 꿋꿋이 버텨 왔지.

인내는 우리 민족의 기질이니까.

당신은 날 이교도라거나 난폭한 개라고 하면서

우리 유대인의 옷에 침을 뱉었지.

난 그저 내 것을 활용했을 뿐인데 말이네.

한데 그런 당신이 내 도움을 필요로 하다니.

그래서 내게로 다가와

"샤일록, 돈이 좀 필요합니다."라고 말하고 있군.

내 수염에 가래침을 뱉고,

내 몸을 문지방 밖으로 뻥 차 버린 당신이

지금은 내게 돈을 바라는 꼴이란!

그 말에 난 뭐라고 답해야 좋을까?

"아이고, 개가 돈이 어디 있겠습니까?

개가 3,000더컷을 빌려준다는 게 가능하다는

말입니까?"라고

말하는 게 나으려나? 아니면 그저 당신 앞에서

노예처럼 몸을 구부리며 낮은 목소리로 이렇게

말해야 할까?

"선생님께서는 지난 수요일 제게 가래침을 뱉으셨고,

언젠가는 저를 발로 차셨으며,

또 언젠가는 저를 개라고 부르셨습니다.

저는 이에 대한 보답으로

선생님께 돈을 빌려드리도록 하겠습니다."라고 말이지.

안토니오 난 또다시 당신을 그렇게 부를 거요.

물론 거듭 침도 뱉고, 발로 뻥 차기도 할 거요.

설령 당신이 돈을 빌려준다 하더라도

친구에게 빌려주는 것이라곤 생각하지 마요.

대체 친구끼리 이자를 받아먹으며 돈 거래를 하는 게

세상에 어디 있을까?

차라리 원수에게 돈을 빌려준다고 생각하는 게

낫겠지요.

그렇게 해야 채무자가 지급 기한을 어길 때

당신은 떳떳하게 위약금을 청구할 수 있을 테니까!

샤일록 아니, 왜 이렇게 큰소리인가!

나는 당신과 친구로서 우정을 나누고 싶고,

그동안 받은 모욕도 잊어버리며,

한 푼의 이자도 받지 않고 돈을 빌려주려던 참이었는데!

이렇게 친절한 내 제안을 거절한단 말인가?

바사니오 그런 친절을 베푼다면 나야 고맙지요.

샤일록 그럼 이렇게 내 친절을 보여 드리리다.

나와 함께 공증인에게로 가지. 그래서 아무런 이자도

받지 않는다는 우리의 계약에 서명하는 거야.

그리고 그저 장난삼아, 만일 명시한 금액을

어떤 날 어떤 시까지 갚지 못할 경우에는

위약금 대신 당신의 아름다운 살을

딱 1파운드만 내가 자를 수 있다고 써 놓도록 하지.

기왕이면 내가 원하는 어느 부위라고도 쓰면 좋겠군.

안토니오 하하, 그래요. 서명하지요. 그리고 난 이제

유대인이 매우 친절하다고 말하고 다니겠어요.

바사니오 아, 나를 위해 그런 계약에 서명까지 하지는 마.

그럴 바에야 차라리 빈궁한 처지를 견디는 게 낫겠어.

안토니오 너무 걱정하지 마. 돈을 갚지 못할 리는 없을 테니까.

딱 두 달 안이면, 그러니까 이 계약의 만기보다 한 달 앞서

이 금액의 아홉 배 정도가 들어올 것 같으니 말이야.

샤일록 어이구, 아브라함이시여! 이 기독교인들을 좀

보십시오!

이 거래를 시원찮다고 여기니

남에 대한 의심만 배운 모양입니다!

아니, 혹여나 기일을 어겼다고 해서

그걸 내가 얻는 게 무슨 이득이 되겠나?

인간의 살 1파운드는 양고기, 소고기, 심지어

염소 고기보다도

쓸 만한 데가 없단 말이네. 나는 당신들의

호의를 얻기 위해

이렇게 우정을 베푸는데! 뭐, 어쩔 수 없군.

받아들이려면 받아들이고, 아니라면 당장 떠나게.

하지만 제발 내 마음을 오해하지는 말아 주게.

안토니오 그래요, 샤일록. 서명하지요.

샤일록 그럼 곧 공증인의 집에서 만나도록 하지.
그에게 이 유쾌한 증서를 작성하도록 일러 주게.
그렇다면 나는 곧장 돈을 마련해 놓을 테니.
그러고는 절약이라고는 조금도 모르는 놈한테 맡겨 놓은
집을 잠시 살펴보고 당신들과 만나도록 하지.

안토니오 어서 다녀와요.

(샤일록 퇴장)

안토니오 허허, 저 유대인이 기독교인이라도 될 작정인가?
너무 친절해졌군.

바사니오 겉으로 볼 땐 좋은 조건이지만,
계약한 사람이 사악한 마음을 지녔으니 나는
뭔가 찜찜하군.

안토니오 아이참, 걱정할 거 없다니까!
내 배들은 계약 기일보다 한 달이나 빨리
돌아올 테니 말이야!

(모두 퇴장)

The Merchant of Venice

1장

(벨몬트의 포셔 저택. 거뭇한 피부의 모로코 왕자와 그를 따르
는 시종들이 들어온다. 포셔와 네리사, 시종들도 등장)

모로코 왕자 혹시나 내 피부색 때문에
나를 싫어하지는 말아요. 이건 그저
찬란한 태양이 내게 선사한 검은 의복일 뿐이랍니다.
난 태양과 이웃으로 지냈으니까요.
태양의 불길도 고드름을 녹이지 못한다는
북쪽 사람들 중에
하얀 사람을 데려와서 비교해 봐도 좋아요.
당신의 사랑을 위해 흘릴 피가 붉을지 말이지요.
아가씨, 제아무리 장사라도
내 얼굴을 본다면 겁을 내기 마련이고,
우리 모로코에서 가장 아름다운 여인들도
내게 푹 빠져 있답니다.
그러니 이 피부색을 함부로 바꾸지는 않을 겁니다.
물론 나의 여왕이신 당신의 사랑을 훔칠 수만 있다면
달라질 수도 있겠지만요.
포셔 처녀의 안목만이 선택의 기준이 되는 것은 아니겠지요.
더구나 저는 제 마음대로

배우자를 선택할 수 있는 권한이 없답니다.

하지만 아시다시피 아버지의 유언으로 말미암아

제가 이런 처지에 있지 않다면,

현명하신 당신도 제가 여태껏 보아 온 구혼자들에 비해

조금도 손색이 없으시지요.

모로코 왕자 고맙습니다. 그러니 어서

상자가 있는 곳으로 나를 안내해 주세요.

내 운명을 시험해 봐야겠어요.

페르시아 왕의 목을 베고, 터키의 왕 쉴레이만을

세 번이나 무찌른 이 장도(長刀)를 걸고 맹세컨대,

당신을 얻을 수 있다면

아무리 포악한 눈이라도 곧장 쩔러 버릴 것이며,

아무리 큰 사람이라 하더라도 그를 뛰어넘을 것입니다.

심지어 어미 품 안에서 젖을 빨고 있는

새끼 곰이라 하더라도

그 사이를 갈라놓을 것이며,

먹이를 찾아 포효하는 사자를 보더라도

그저 조롱할 것입니다.

아아, 하지만 헤라클레스와 리카스(헤라클레스의 하인)

주사위로

운명을 가렸다면 혹여나 약자의 손에서

더 큰 숫자가 나올지도 모르는 일이지요.

그래서 헤라클레스도 이 하인한테 패배하고 만 것이고,

나 또한 운명에 이끌려

나보다 하찮은 자도 얻을 수 있을 만한 걸 놓치고

비탄에 빠져 죽음을 맞이할지도 모르지요.

포셔 모든 건 운명이 말해 주겠지요.

그러니 아예 선택하지 마시든지 혹은

잘못 선택하신다면

앞으로 평생 여인에게 청혼하지 않겠다고

맹세하셔야만 합니다.

부디 잘 생각해 보세요.

모로코 왕자 자, 어서 나를 운명으로 데려가 주세요.

포셔 일단 성전(聖殿)으로 가시지요.

식사부터 하시고 운명의 판단을 받아 보기로 해요.

모로코 왕자 그렇다면 행운이시여,

내게 최상의 축복을 주시거나

최악의 저주를 내리시기를!

(모두 퇴장)

2장

(샤일록의 집 앞. 란슬롯 등장)

란슬롯 내가 이 유대인에게서 달아나더라도
내 양심은 분명 날 이해해 줄 거야.
아, 이놈의 악마는 바로 내 옆에서 이렇게
날 유혹하는구나.
"고보, 란슬롯 고보, 우리 착한 란슬롯 고보.
어서 네 다리를 써. 어서 도망쳐! 달아나라고!"
하지만 내 양심은 이렇게 말하지.
"안 된다. 정직한 란슬롯, 달아나면 안 돼. 조심해, 고보."
혹은 아까도 말했듯이 "정직한 란슬롯 고보,
도망가면 안 돼.
그런 생각은 빨리 거두어 버려."라고 말이지.
아아, 하지만 이제 악마 중에서도 우두머리인 악마가
내게 어서 짐을 싸라고 말하는구나.
이놈은 "달아나. 뛰어! 용기를 내라니까! 도망쳐!"라고
말하지.
하지만 어느새 양심은 내 가슴에 착 달라붙어서
나지막이 말하네.
"정직한 친구 란슬롯, 넌 정직한 남자의 아들이잖니?"

사실은 정직한 여인의 아들이라고 하는 게
맞지 않을까?
아버지는 색(色)을 좀 밝히셨지.
그래서인지 냄새가 좀 나는 것 같기도 해.
어쨌든 내 양심은 "란슬롯, 가만히 있어."라고 하는 반면
악마는 "가만히 있지 마."라고 하는구나.
그럼 또 양심은 "아니, 가만히 있으라니까?"라고
한단 말이야.
그래서 난 양심에게 "너 참 말 잘하는구나."라는
말을 건네고,
악마에게는 "네 말도 그럴 듯하구나."라는 말을 건네지.
양심의 말에 따르려니
악마 같은 유대인 주인의 집에서 살아야 하는데,
이 주인은 어찌나 악마 같은지. 또 악마의 말에 따르려니
이 유대인에게서 벗어나야만 하는데,
이 악마는 다름 아닌 유대인 주인이란 말이지.
우리 주인은 정말 악의 화신이란 말이야.
그래서인지 양심의 목소리가 왠지 모질게
느껴지기도 하는군.
자, 악마야. 난 달아나리라.
이제 내 발은 내 명령에 따라 움직일 것이다.
어서 도망가자!

(바구니를 든 고보 노인 등장)

고보 노인 이보게, 젊은이.

혹시 유대인 어른 집으로 가는 길이 어딘지 아는가?

란슬롯 (방백) 아니, 이럴 수가! 이분은 나의 아버지잖아!

완전 까맣고 까만 장님이시라 나를 못 알아보시는구나.

그럼 어디 장난을 좀 쳐 볼까?

고보 노인 이보시오, 유대인 어른 집으로 가는 길이 어딘가?

란슬롯 아, 다음에 있는 모퉁이에서 오른쪽으로 도세요.

그다음 모퉁이에서는 꼭 왼쪽으로 도시고요.

또 그다음 모퉁이에서는 돌지 말고

아래로 곧장 내려가시면 집이 있을 겁니다.

고보 노인 아이고, 여간 찾기 쉬운 게 아니구먼.

그런데 혹시 그 집에 사는 란슬롯이란 자가

그분과 함께 살고 있는지 아는가?

란슬롯 (방백) 흠, 기왕 장난친 김에

확 눈물이나 쏟아지게 해 볼까나.

아, 고귀한 청년 란슬롯 말씀인가요?

고보 노인 고귀하다니? 그저 가난한 사람의 아들일 뿐이오.

내가 이렇게 말하는 게 좀 우습기도 하지만,

그자의 아버지는 너무나 빈궁한 사람인데

다행히 하느님의 보은 덕으로 그럭저럭 잘 살고 있답니다.

란슬롯 아이참, 그의 아버지가 어떤 사람이든
　　　무슨 상관인가요?
　　　우리는 고귀한 청년 란슬롯 이야기를 하고 있지 않았나요?

고보 노인 그렇지요. 당신의 친구 란슬롯 말인가?

란슬롯 맞아요. 고귀한 청년 란슬롯 말이지요.

고보 노인 미안하지만 내게는 그저 란슬롯일 뿐이네.

란슬롯 그러니까 고귀한 청년 란슬롯 말이에요.
　　　하지만 이제 고귀한 청년 란슬롯 이야기는
　　　이쯤에서 마무리하지요.
　　　왜냐하면 그분은 운명인지 숙명인지,
　　　혹은 운명의 세 여신 같은 학문 때문인지
　　　그만 작고하시고 말았거든요.
　　　쉽게 말하자면 하늘나라로 가셨지요.

고보 노인 아이고! 이럴 수가!
　　　그 아이는 내 말년의 지팡이이자 기둥과 마찬가지였는데!

란슬롯 (방백) 아니, 내가 무슨 지팡이나 기둥,
　　　막대기나 말뚝처럼 보였단 말이야?
　　　어르신, 저를 못 알아보시겠어요?

고보 노인 아이고, 아이고! 젊은이, 난 잘 못 알아보겠네.
　　　하지만 이 말만은 꼭 물어봐야겠어.
　　　대체 그 아이는 죽은 건가, 살아 있는 건가?

란슬롯 어르신, 정녕 저를 못 알아보시겠냐고요!

고보 노인 아아, 난 장님이라 알아볼 수가 없네.

란슬롯 그래요. 설령 눈이 괜찮다 하더라도

아버지는 저를 못 알아보실 거예요.

현명한 아버지만이 자기 자식을 알아볼 수 있는

법이니까요.

(무릎을 꿇고) 어르신, 이제 아들에 관해 말씀드릴게요.

저를 축복해 주세요. 살인은 오래 감추지 못해도

진실은 결국 밝혀지기 마련이지요.

그러니 제 정체를 아무리 숨기려 해도

진실은 언젠간 드러나는 법이랍니다.

고보 노인 이보게, 제발 일어나시오!

당신은 분명 란슬롯이 아니네!

란슬롯 더 이상 허튼소리는 그만하시고,

어서 저를 축복해 주세요! 저는 예전

당신의 아들 란슬롯입니다.

또한 지금의 당신 아들이자, 미래의 당신 아들이란

말입니다!

고보 노인 아무리 생각해도 내 아들 같지 않아.

란슬롯 그 말을 제가 어떻게 받아들여야 할지는 모르겠네요.

하지만 저는 유대인의 하인 란슬롯이 분명하고,

마저리가 저의 어머니인 것 또한 분명합니다.

고보 노인 아니, 내 아내 이름을 알다니!

네가 란슬롯이라면 분명 내 혈육이로구나!

(란슬롯의 얼굴을 만져 보며) 맞네, 맞아!

언제 그 사이에 수염이 이리 많이 자란 게냐!

네 턱수염은 우리 집 망아지 도빈의 꼬리보다도

무성하구나!

란슬롯 그럼 도빈의 꼬리는 갈수록 짧아지는 모양이군요.

저번에 도빈을 봤을 때는 분명 그놈의 꼬리가

제 턱수염보다 무성했으니까요.

고보 노인 아아, 넌 정말 많이 변했구나!

그래, 네 주인님과는 잘 지내느냐?

자, 여기 네 주인에게 드릴 선물도 하나 가져왔다.

그분과는 사이좋게 잘 지내고 있겠지?

란슬롯 흠, 흠, 하지만 저는

그 집에서 달아나기로 결심한 몸이랍니다.

그러니 조금은 달아나 봐야 마음이 편해질 수 있겠지요.

아니, 진정한 유대인에게 선물을 주신다고요?

목이나 맬 밧줄이나 주시면 좋겠네요.

그를 돌보다가 제가 죽게 생겼습니다. 제 갈빗대로

손가락이란 손가락은 모조리 세어 보실 수 있을 거예요!

하지만 아버지, 이렇게 오시니 너무나 반갑습니다.

그 선물은 바사니오 님께 드리도록 하세요.

그분은 정말 좋은 하인 제복을 맞춰 주시는 분이니까요.

그분의 집에서 일하지 못한다면
차라리 땅끝까지 달아나는 게 나을 겁니다!
아, 마침 잘됐군요. 저기 그분이 오고 계세요.
더 이상 유대인을 모시다가는
제가 유대인이 되고 말 것 같아요!

(바사니오가 리어나도와 그 밖의 하인을 데리고 등장)

바사니오 (하인에게) 그렇게 하면 되겠네.
　　　하지만 늦어도 5시까지는 돌아와서
　　　저녁 준비를 마치도록 해.
　　　이 편지를 잘 전달하고, 제복도 잘 맞추도록 해.
　　　또 그라시아노에게는 곧 내 집으로 오길 바란다고
　　　전해 주고.

(하인 한 명 퇴장)

란슬롯 아버지, 저분이에요!
고보 노인 신의 가호가 당신과 함께하기를!
바사니오 고맙네. 한데 내게 무슨 할 말이라도 있는 건가?
고보 노인 여기 이 아이는 제 자식입니다.
　　　참 가엾은 녀석이지요.

란슬롯 가엾다니요? 부자 유대인 집에 사는 사람이 어째서?

어쨌든 아버지가 곧 소상히 이야기하실 겁니다.

고보 노인 글쎄, 이 아이가 어르신 댁에서

당신을 섬기고 싶어 한다는군요.

란슬롯 거두절미하고 말씀드리자면,

저는 지금 유대인 집에서 살고 있습니다.

하지만 아버지가 곧 소상히 이야기하시겠지요.

고보 노인 요컨대 이 아이와 자기 주인은

먼 친척만도 못하게 지내는 모양인가 봅니다.

란슬롯 간단히 말씀드리지요.

실은 유대인 주인이 저를 못살게 굽니다.

그래서 아버지가 (비록 나이는 드셨지만)

곧 소상히 이야기하실 겁니다.

고보 노인 그래서 어르신께 드리고자 이렇게

비둘기 요리를 가져왔습니다. 바라옵건대……

란슬롯 정말 짧게 말하자면,

이 부탁은 저와 꽤 밀접한 관계가 있지요.

하지만 제가 증명컨대 너무나 정직한 이 노인께서

곧 말씀하시겠지요.

너무나 늙은 데다가 빈궁한 처지지만 말이에요.

바사니오 한 사람만 말하게나. 그래서 부탁이 무엇인가?

란슬롯 어르신 댁에서 머물고 싶습니다.

고보 노인 그게 제 부탁의 핵심이지요.

바사니오 그래, 나는 너를 잘 알지. 네 부탁을 받아들이겠네.

실은 샤일록과 오늘 이야기를 나누었는데,

내게 너를 추천하더군. 부자인 유대인 집을 나와서

가난한 내 집에 머무는 걸 추천이라

부를 수 있다면 말이지.

란슬롯 "신의 은총은 보석과 같다."라는

옛말이 있지 않습니까?

그 말을 샤일록과 어르신께 양분(兩分)하면 딱 맞겠네요.

어르신은 '신의 은총'을, 샤일록은 '보석'을 가진 셈이지요.

바사니오 넌 말도 참 유려하게 하는구나.

자, 아버님께선 아들과 함께 옛 주인의 집으로 가시지요.

넌 그곳으로 가서 옛 주인과 석별의 정을 나누고

내 집으로 찾아오도록 해라.

(하인에게) 이 하인에게는 다른 하인들보다

장식이 더 많이 있는 의복을 입히도록 하거라.

란슬롯 아버지, 돌아가세요.

나는 일자리라고는 구할 수 없는 놈인가 봐요!

당최 혓바닥이라도 제대로 굴러갔으면 좋으련만!

(손바닥을 들여다보며) 하지만 나보다 좋은 손금을

지닌 사람은

이탈리아 전역을 뒤져도 없겠지. 성경에 걸고 맹세하지.

여기 이 생명선은 너무나 올곧게 되어 있군.
또 이 선은 부인을 나타내는 선인데…….
아니, 부인이 겨우 열댓 명밖에 없으면 어떡하나!
적어도 열한 명의 과부와 아홉 명의 처녀쯤은
마땅히 있어야 하거늘!
세 번 물에 빠져 죽을 뻔하기도 하는군.
또 깃털 침대 모서리 때문에
목숨이 위태로울 수도 있단 말이지.
그래, 만약 운명의 신이 여성이라면
참으로 온화한 아가씨일 거야. 아버지, 이제 가요.
전 순식간에 유대인 주인과 작별하고 올 겁니다.

(란슬롯, 고보 노인 퇴장)

바사니오 이봐, 리어나도. 잘 신경 써 줘.
이 물건들을 빠짐없이 구입하고 배에 잘 싣고는
서둘러 돌아와야 해.
난 오늘 밤 귀한 친구들을 대접할 예정이니까.
자, 어서 가 보게.
리어나도 네, 명심하겠습니다.

(그라시아노 등장)

그라시아노 이봐, 네 주인은 어디 있나?

리어나도 저쪽에 걸어가고 계십니다. (퇴장)

그라시아노 바사니오!

바사니오 오, 그라시아노!

그라시아노 부탁이 있어.

바사니오 물론 들어줘야지.

그라시아노 거절하지는 마. 나도 너와 같이 벨몬트에 가겠어.

바사니오 그래. 그렇게 하겠다면 해야지, 뭐.

　　　하지만 그라시아노, 너는 너무 사납고 무례하며

　　　경솔한 말을 늘어놓는 편이야.

　　　물론 그 성격이 네게 딱 맞고,

　　　우리가 봤을 때는 그다지 결점으로 느껴지지도 않아.

　　　하지만 낯선 곳에 있는 사람들에게는 그 모습이

　　　자칫 천하게 보일 수도 있어.

　　　그러니 부디 신경을 좀 써서

　　　그 드센 신경을 차디찬 겸양으로 가라앉혀 봐.

　　　네 행동 때문에 나까지 오해를 사서

　　　내 희망이 날아가 버리면 안 되니 말이야.

그라시아노 음, 바사니오. 내가 얼마나 진지한 몸가짐으로

　　　점잖은 말을 건네는지 모르는 모양이네.

　　　이제 험담도 잘 안 하고, 주머니에는

　　　기도서를 넣고 다닌다고.

게다가 기도할 땐 모자로 눈을 가린 채 한숨을 쉬며

"아멘."이라고 말해. 마치 할머니가 기뻐하실 모습을

연구하는 사람처럼 말이야.

그러니 내가 이런 행동을 지키지 않는다면

앞으로 나를 절대 믿지 않아도 좋아.

바사니오 알았어. 그럼 두고 보지.

그라시아노 대신 오늘 밤만은 예외로 하자고.

오늘 밤의 내 언행으로 나를 평가하려 들지는 마.

바사니오 그래. 그럼 안 될 일이지.

오늘은 철저히 유희를 위한 만남이니 말이야.

오늘만은 네가 한층 더 과감해지기를

내가 빌 정도라니까?

그럼 이따 봐. 난 볼일이 있어서 말이야.

그라시아노 그럼 나는 로렌초와 그 친구들한테 갔다가

저녁쯤 다시 돌아올게.

(모두 퇴장)

3장

(샤일록의 집. 란슬롯, 제시카 등장)

제시카 아아, 너마저 아버지 곁을 떠난다니! 너무 유감이야.
　　　 이 지옥 같은 집에서 그나마 네 유쾌한 기운이
　　　 지루함을 가시게 해 주었는데 말이야. 그럼 잘 있어.
　　　 아, 가는 길에 1더컷이라도 받아. 그리고 혹시 저녁에
　　　 로렌초를 만난다면 이 편지를 전해 줘.
　　　 그분은 오늘 밤 네 새 주인의 집에 초대받게 될 거야.
　　　 어서 가.
　　　 우리 아버지는 내가 너와 이야기 나누는 걸
　　　 별로 원치 않으시니까.

란슬롯 안녕히 계세요!
　　　 눈물이 나서 차마 말을 잇지 못하겠어요.
　　　 세상에서 가장 어여쁜 이교도,
　　　 가장 아름다운 유대인 아가씨여!
　　　 분명 어떤 기독교인이 당신의 마음을 뒤흔들고
　　　 말 거예요.
　　　 하지만 이제는 인사를 나눠야겠지요.
　　　 바보처럼 하염없이 눈물이 쏟아지니,
　　　 이 사내의 가슴이 너무 아프네요. 그럼 안녕히! (퇴장)

제시카 잘 가, 선량한 란슬롯이여.

아, 내가 아버지의 딸인 걸 이리도 창피해하다니!

이 얼마나 흉측스러운 일인가!

물론 난 아버지와 피로 맺어져 있지만,

행동만큼은 아버지를 닮지 않았어.

아, 로렌초! 당신만 약속을 지킨다면,

나는 이 괴로움을 끝내고

기독교인으로 개종할 뿐더러 당신의 아내가 되겠지요!

(퇴장)

(베니스의 길거리. 그라시아노, 로렌초, 살레리오, 솔라니오가
이야기를 나누며 등장)

로렌초 아니, 그러지 말고 저녁을 먹다가 슬그머니
빠져나와서
우리 집으로 가자고. 그러고는 그곳에서 변장한 다음
되돌아가지.
한 시간 정도면 충분하겠지?

그라시아노 아직 준비가 다 안 됐어.

살레리오 햇불잡이 이야기도 아직 제대로 안 됐는데?

솔라니오 철저하게 처리하지 못한다면 안 하느니만 못할 테니
이쯤에서 접는 게 오히려 낫지 않을까?

로렌초 이제 겨우 4시인걸.
아직 두 시간 정도 준비할 여유는 있다고.

(편지를 든 란슬롯 등장)

로렌초 이봐, 란슬롯. 무슨 일이야?

란슬롯 이 편지를 뜯어보세요.
뭔가 중요한 이야기가 있을 것만 같아서요.

로렌초 아, 내가 아는 글씨군. 정말 고운 글씨야.

    심지어 이 글씨가 쓰인 종이보다

    글씨를 쓴 손이 더욱 곱고 하얗지.

그라시아노 연애편지로구먼.

란슬롯 그럼 전 이만 물러나겠습니다.

로렌초 잠깐, 어디로 가지?

란슬롯 제 옛 주인인 유대인에게 제 새 주인인 기독교인과

    오늘 저녁을 같이하면 좋겠다는 말을

    전하러 가려던 중이었습니다.

로렌초 그럼 이걸 받아. (돈을 건넨다.)

    그리고 제시카에게 내가 꼭 갈 거란 말을 전해 줘.

    비밀 지키는 것도 잊지 말고.

    (란슬롯 퇴장)

로렌초 자, 그럼 오늘 밤 가장행렬(假裝行列)을 준비해 볼까?

    난 이미 횃불잡이를 구해 놓았어.

살레리오 아, 맞다. 나도 곧 그 일을 해야겠어.

솔라니오 나도 그래야겠군.

로렌초 그럼 몇 시간 후에

    그라시아노 집 앞에서 다시 보기로 해.

살레리오 알겠어.

(살레리오, 솔라니오 퇴장)

그라시아노 아, 그 편지는 제시카한테서 온 거 아냐?
로렌초 너한테는 모두 털어놓아도 되겠지.
　　　실은 그녀가 아버지에게서
　　　자신을 어떻게 떼어 놓아야 할지
　　　말한 게 있어. 또 자신이 챙겨 놓은 금이나 보석,
　　　또 미리 준비된 시동의 복장도 말해 줬지.
　　　만약 유대인인 그녀의 아버지가 천국에 간다면,
　　　그건 분명 딸 덕분일 거야.
　　　그녀의 길에는 절대 불행이 있어서는 안 되겠지만,
　　　그녀가 유대인의 딸이라는 점만은 그것을 가로막지.
　　　자, 같이 가세. 편지는 가면서 읽어 보도록 하고.
　　　내 횃불잡이는 아름다운 제시카가 하면 될 거야.

(모두 퇴장)

5장

(샤일록 집 앞. 샤일록, 란슬롯 등장)

샤일록 이젠 네 눈으로 똑똑히 알게 되겠지.
　　　나와 바사니오의 차이를 말이지. 애, 제시카!
　　　넌 이제 우리 집에서처럼 배불리 음식을 먹지는
　　　못할 거야.
　　　애, 제시카! 또 코를 골며 잠잘 수도 없을 거고,
　　　옷을 함부로 찢을 수도 없겠지.
　　　아니, 제시카는 어디 간 거야? 애, 제시카!
란슬롯 애, 제시카!
샤일록 누가 너더러 부르라고 했어?
　　　내가 시키지도 않았는데 왜 그래?
란슬롯 하지만 어르신께서는 제가 시키지 않으면
　　　아무 일도 못하는 놈이라고 늘 호통만 치셨었지요.

(제시카 등장)

제시카 부르셨어요? 무슨 일이세요?
샤일록 난 저녁 초대를 받았단다. 자, 이 열쇠를 받으렴.
　　　그동안 집을 잘 보살펴라.

한데 내가 대체 왜 가야 하는 거지?

저들은 날 좋아해서 부른 게 아니고,

단지 아부를 떨기 위해 부른 것일 텐데!

하지만 난 역겨운 마음을 품고

저 방탕한 기독교인들의 집에서 음식이나 축내겠어.

아, 정말 가기 싫군.

날 쉬지 못하게 하려고 이런 일을 벌이다니!

게다가 지난밤에 나는 돈 자루를 보는 꿈을 꿨다니까?

란슬롯 꼭 오세요. 제 젊은 주인님이

어른이 추문('방문'을 잘못 말한 것임)하기를 바라고

계십니다.

샤일록 그래. 기어이 나를 손가락질하겠다는 거구나!

란슬롯 그럴 리가요. 미리 합의된 바에 따르면,

그분들은 가장행렬을 벌일 거랍니다.

만약 어르신이 이를 보신다면 지난 암흑의 월요일

(1360년 부활절 이튿날, 추위로 말미암아 많은 사람이 사망한

것을 두고 불리는 말) 아침 6시에 제 코에서 불현듯

피가 흘러내렸던 이유를 아실 수 있겠지요.

그해의 사순절 수요일부터 따져 본다면

오늘 오후가 꼭 4년째로군요.

샤일록 아니, 가장행렬이 있다고? 제시카, 잘 들어!

어서 집의 모든 문을 잠가라.

혹시나 북소리나 목을 비튼 채로

앵앵거리는 피리 소리가 들리더라도

절대 창틀 위쪽으로 기어 올라가거나

창문을 열고 머리를 내밀면 안 된다!

그 바보 같은 기독교인들의 얼굴은 쳐다보지도 마!

집의 모든 귀(창문)란 귀는 모두 막아 버리고,

이토록 고상한 집에 그토록 상스러운 소리는

얼씬도 못하도록 해!

우리 조상 야곱의 지팡이를 두고 맹세컨대

난 절대 오늘 밤 모임에는 가지 않겠어.

하지만 가 보기는 해야겠지.

야, 네놈은 먼저 가서 내가 간다는 소식을 전해. 알았어?

란슬롯 알겠습니다. 그럼 먼저 가 보지요.

(나가는 길에 제시카를 바라보며 낮은 목소리로)

아가씨, 하지만 창문 밖은 꼭 내다보세요!

유대인 딸이 마음에 들 만한 어떤 기독교인 한 분이

지나갈 테니까요! (퇴장)

샤일록 응? 저 아둔한 놈이 네게 뭐라고 지껄이더냐?

제시카 "아가씨, 안녕히!"란 말만 하던걸요.

샤일록 저놈은 착하기는 해도

무슨 소처럼 음식을 먹어 대는 데다가

일은 굼벵이보다도 느리게 하고,

살쾡이보다도 더 오래 낮잠을 자니. 쯧쯧.

난 저런 식충이하고는 절대 못 살아.

그러니 내보낼 수밖에.

또 저놈을 빚을 지고 있는 자한테 넘겨서

돈을 허투루 쓰게 만들도록 하기도 했지.

제시카, 넌 이제 들어가 봐. 난 곧 돌아올 거야.

그러니 넌 내 말대로 그저 문단속이나 잘하고 있어.

단단히 쥐고 있으면 절대 빠져나가지 못하는 법이니까.

이 말은 절약하는 사람에게는

가장 좋은 금언과 같단 말이야. (퇴장)

제시카 안녕히. 이제 운명이 가로막지만 않는다면,

우리는 이제 다시는 서로를 못 만나게 되겠지요. (퇴장)

6장

(샤일록 집 앞. 그라시아노와 살레리오가 몸을 꾸민 채 등장)

그라시아노 아, 로렌초는 우리에게

　　　처마 밑에서 기다리라고 했는데 말이야.

살레리오 약속 시간이 방금 지났어.

그라시아노 사랑하는 사람들은 늘 약속 시간보다

　　　앞서 오는 편인데, 놀라운 일이군.

살레리오 아, 비너스를 끌고 가는 비둘기는

　　　새 사랑의 언약을 맺기 위해서라면

　　　기존 사랑의 맹세를 지키려 하는 것보다

　　　열 배 정도는 더 빨리 날아가는 법인데 말이야!

그라시아노 맞는 말이야. 연회에서 처음 식사할 때와 같은

　　　왕성한 식욕을 지닌 채 자리에서 일어나는 사람이 어디

　　　있겠어?

　　　또 처음 달려갈 때의 패기를 지닌 채

　　　길을 되돌아오는 말이 어디 있겠어?

　　　실로 모든 일은 쫓아갈 때가 얻었을 때보다

　　　더 좋은 법이야.

　　　만국기로 덮인 범선이 고향의 항구를 떠나가는 모습을

　　　보더라도

사람들은 창녀 같은 바람에 나부껴 울어 대기 바쁘지.

하지만 그 바람에 결국 몸을 망쳐 찢겨져 버린 돛을 달고

돌아오는 모습은 얼마나 또 앙상한지!

(로렌초 등장)

살레리오 때마침 로렌초가 왔네.

이 이야기는 나중에 더 하지.

로렌초 친구들, 늦어서 미안.

실은 내가 아닌 일 때문에 이렇게 늦고 말았어.

하지만 나중에 너희가 아내를 두고

보쌈 놀이를 할 일이 생긴다면

내가 오늘보다 더 오래 기다려 주지.

자, 이곳이 내 장인인 유대인의 집이네.

이봐! 안에 누구 있느냐?

(소년 복장을 한 제시카가 집의 창문을 열고 등장)

제시카 누구신가요? 어서 더 말씀해 보세요.

제가 확신을 가질 수 있도록 말이에요.

물론 나는 익히 당신의 목소리를 알고 있지만요.

로렌초 그대의 애인 로렌초네.

제시카 아, 정말 로렌초군요! 제 애인이 확실해요!

　　제가 이토록 사랑하는 분은 당신밖에 없어요.

　　또 당신 말고 제가 당신의 것임을 아는 사람도

　　당신 말고는 없지요.

로렌초 오직 하느님과 당신의 애정만이 이를 보증하지.

제시카 이 상자를 좀 받아 주세요.

　　분명 수고할 만한 일일 거예요. (상자를 던진다.)

　　날이 어두워서 다행이에요. 당신들은 못 보겠지만,

　　저는 변장한 옷이 너무나 창피스럽거든요.

　　하지만 저는 사랑에 눈이 멀었고, 애인들은

　　스스로 하는 어리석은 일에 대해 눈치채지도 못하지요.

　　이런 제 모습을 본다면, 큐피드라도

　　얼굴을 붉히고 말 거예요.

로렌초 어서 이리로 내려와.

　　당신이 내 횃불잡이가 되어야겠어.

제시카 뭐라고요? 이 창피한 꼴이 두드러지게

　　제가 횃불을 들어야 한다고요?

　　안 그래도 제 창피함은 너무나 환하게 나타나는걸요.

　　그 일은 뭐든지 환하게 밝혀야 하는 거잖아요.

　　저는 숨겨져야만 하는 처지인데 말이지요.

로렌초 이미 당신은 잘 숨겨졌어.

　　너무나 아름다운 소년의 차림을 하고 있으니 말이야.

그나저나 얼른 내려와.

어둑한 밤은 벌써 달아날 모양새를 하고 있고,

바사니오 집에서의 연회는

우리를 기다리고 있으니 말이야.

제시카 잠시만요. 문만 걸고 잠그고,

좀 더 많은 돈을 가지고 곧 내려가겠어요. (창문을 닫는다.)

그라시아노 내 가면에 걸고 맹세컨대

저분은 정말 유대인 같지 않은 참 좋은 분이야.

로렌초 벼락이 떨어지더라도 내 사랑은 변치 않을 거야.

내 판단이 맞다면 그녀는 너무나 현명하고,

내 눈이 진실하다면 그녀는 너무나 아름다워.

그러니 현명하고 아름다우며 진실한 그녀를

내 영혼에 변하지 않게 고이고이 간직해야지.

(제시카가 문에서 뛰어나온다.)

로렌초 왔구나! 그럼 어서 가자!

동료들이 모습을 바꾼 채 우리를 기다리고 있을 테니

말이야.

(모두 퇴장)

(안토니오 등장)

안토니오 거기 누구요?

그라시아노 혹시 안토니오?

안토니오 아, 그라시아노였구나! 다들 어디로 간 거야?

벌써 9시인데 말이야. 오늘 밤 가장행렬은 없을 거야.

벌써 바람이 불어와서

바사니오가 곧장 배를 타고 떠나기로 했거든.

난 너를 찾기 위해 스무 명을 풀어 놓았었어.

그라시아노 그랬구나! 잘됐어.

오늘 밤 배를 타고 떠나는 것보다

더 기쁜 일은 없을 테니 말이야.

(모두 퇴장)

7장

(벨몬트의 포셔 저택. 포셔와 모로코 왕자가 각자의 시종과 함께 등장)

포셔 이제 커튼을 열어젖히고

왕자님께 여러 상자를 보여 드려라.

자, 그럼 골라 보시지요.

모로코 왕자 금으로 된 첫 번째 상자에는

이런 글이 적혀 있군요.

'이 상자를 고른다면 많은 사람이 바라는 걸 얻게 되리라.'

은으로 된 두 번째 상자에는 이런 글이 있군요.

'이 상자를 고른다면 내가 지닌 가치만큼을 얻게 되리라.'

납으로 된 세 번째 상자는 문구마저 퉁명스럽군요.

'이 상자를 고른다면 모든 재산을 내놓고

위험을 감수해야만 하리라.'

그런데 내가 올바른 선택을 했다는 걸

어떻게 알 수 있나요?

포셔 저 상자들 중 하나에 제 초상화가 들어 있을 겁니다.

그 상자를 고르신다면 저는 당신 것이 되겠지요.

모로코 왕자 그렇군요. 아, 신이시여!

제게 판단력을 내려 주소서!

어디 적힌 문구들을 찬찬히 되짚어 볼까.

납으로 된 상자에는 무슨 말이 있었지?

'이 상자를 고른다면 모든 재산을 내놓고

위험을 감수해야만 하리라.'라니!

모든 재산을 내놓아야 한다는 건가?

이 납 때문에 위험을 무릅써야 한단 말인가?

마치 협박하는 것 같군. 사람들이 모든 것을 걸고

위험을 감수할 때는 그만한 이익이 있으니 그러는 걸 테지.

하지만 황금과 같은 마음은

저런 하찮은 모습에 쉽게 굴복하지 않지.

그러니 나는 납 때문에 어떤 걸 내놓지도 않을 것이며,

어떤 위험도 감수하려 들지 않을 것이다.

그렇다면 마치 처녀 같은 빛을 띠고 있는

은으로 된 상자에는 무슨 말이 있었지?

'이 상자를 고른다면 내가 지닌 가치만큼을 얻게 되리

라.'라고?

잠깐, 공평무사한 손으로 내 가치를 측정한다면?

물론 세상의 평가대로라면 더없는 가치를 지녔지.

하지만 이 여인을 얻을 수 있을 만큼의 가치를

지닌 것인가?

그렇다고 내 가치를 우습게 여기는 것은

그저 자신을 하찮게 보는 것뿐이겠지. 내 가치만큼이라!

아, 그건 바로 이 여인이겠구나.

난 신분, 재산, 인덕, 교양을 하나하나 살펴보더라도

분명 이 여인을 얻을 만한 가치를 지녔지.

하지만 무엇보다도 내 사랑은 분명 이 여인을 얻을 만하지.

그러니 더 이상 고민하지 말고 이 상자를 고를까?

아니지, 금으로 된 상자에 새겨진 글귀를 다시 읽어 봐

야겠다.

'이 상자를 고른다면 많은 사람이 바라는 걸 얻게 되리

라.'라니!

아! 그건 바로 이 여인이겠구나!

온 세상 사람들이 이 아가씨를 갖길 바라니 말이지.

이 살아 있는 성녀에게 입을 맞추기 위해

사방팔방에서 사람들이 몰려오고 있지.

히르카니아(카스피해 남쪽에 있는 지역)의 사막이나

드넓은 아랍의 광야도 이제는 아름다운 포셔를 보러 오는

사람들 때문에 큰길로 변하고 말았지.

건방지게 머리를 들고 하늘에 침을 뱉곤 하는

저 물의 나라도

이방인의 기운마저 꺾지는 못 하니,

그들은 아름다운 포셔를 보기 위해서라면

바다를 개울처럼 손쉽게 건너오는구나.

자, 이 세 상자 가운데 한 곳에

그녀의 아름다운 초상화가 들어 있다.

납으로 된 상자 안에 들어 있는 걸까?

아니야, 그런 생각을 했다간 저주를 받고 말리라.

이 상자는 캄캄한 무덤 속에 수의를 묻어 놓기에도

너무나 조악하지 않은가?

그럼 은으로 된 상자 안에 들어 있는 걸까? 그럴 리가!

이렇게 고귀한 초상화를 금보다 못한 곳에 둘 리는

절대 없지.

영국에는 천사의 모습을 금에 새긴 주화가 있다지만,

그건 어디까지나 표면에만 새겼을 뿐 아닌가!

아, 결국 이곳에 천사의 모습이 황금 침대 안에

누워 있겠구나!

자, 열쇠를 주시지요. 난 금으로 된 상자를 고르겠어요.

부디 내 소원을 이룰 수 있기를!

포셔 여기 있어요. 그 상자 안에 제 초상화가 들어 있다면

저는 당신의 것이 되겠지요.

모로코 왕자 (상자를 열며) 이런 젠장! 이게 뭐지?

매스꺼운 해골이라니! 심지어 뻥 뚫린 눈구멍 안에는

두루마리가 끼어 있구먼. 아, 글이 적혀 있구나.

'반짝반짝 빛이 난다고 모두 금은 아니리라.

너는 이 말을 그동안 수없이 들어 왔겠지.

나의 겉모습에 매료되어

목숨을 빼앗긴 사람도 무수히 많을지어다.
하지만 황금빛 무덤 안에는 구더기만이
우글거릴 뿐이네.
네가 대담할 만큼의 지혜가 있었더라면
젊은 몸에다 노인 같은 어진 판단력이 있었다면
이 글을 보지는 못했겠지. 잘 가시게.
네 청혼은 이토록 싸늘하게 식어 버리고 말았네.'
아아, 정말 싸늘하구나. 내 노력은 그저 물거품이었군.
나의 열정이여, 그만 식어 버려라!
서리야, 내게로 내려오거라!
포셔, 그럼 안녕히. 내 가슴은 너무나 아프기에
길게 작별 인사를 나누지도 못하겠군요.
패자는 그저 말없이 떠날 뿐입니다. (시종들과 함께 퇴장)

포셔 쉽게 떨쳐 버렸구나. 자, 커튼을 치고 안으로 들어가자.
저런 얼굴색을 한 사람은 다 저렇게 고르고 말겠지.

(모두 퇴장)

8장

(베니스의 길거리. 살레리오, 솔라니오 등장)

살레리오 그거 아나? 난 바사니오가 출항하는 걸 보았네.
그 배에는 그라시아노도 타고 있었지.
하지만 분명 로렌초는 그 배에 없었네.

솔라니오 맞아. 그래서 저 몹쓸 유대인 놈이
요란을 피우는 바람에 공작님까지 일어나고 말았지.
그래서 공작님은 그와 함께 바사니오의 배를 찾으러
나가셨지.

살레리오 하지만 때는 너무 늦었지.
배는 이미 떠난 후였으니 말이야.
하지만 그때 마침 공작님에게 로렌초와 제시카가
함께 곤돌라를 타고 있다는 정보가 들어왔네.
게다가 안토니오는 그들이 바사니오가 탄 배에
같이 오르지 않았다는 사실을 보증하기도 했지.

솔라니오 그때 그 개 같은 유대인 놈이 정신을 잃고
괴상망측한 데다가 사납기 그지없는 막말을 내뱉었는데,
나는 그렇게 다양한 감정이 폭발하는 건 처음 봤었네.
"내 딸! 아, 내 돈! 아, 내 딸!
내 딸이 예수쟁이와 도망쳐 버리다니!

아! 정의여! 법이여!

내 돈! 내 딸! 그동안 꽁꽁 숨겨 두었던 돈을!

두 개의 돈주머니를! 모조리 딸년이 훔쳐 가다니!

게다가 진귀한 보석 두 개마저!

그토록 값이 나가는 보석 두 개마저!

내 딸년이 훔쳐 가 버렸어!

정의여! 어서 딸년을 찾아내거라!

그년은 돈만 아니라 보석도 지녔으니 말이다!"

살레리오 아, 베니스의 어린아이들은

그놈의 뒤를 졸졸 따라다니며

"내 보석! 내 돈! 내 딸년!" 같은 말을 외치고

다닌다고 하더군.

솔라니오 안토니오에게 약속한 날짜는

꼭 지켜야겠다고 일러두어야겠어.

그렇지 못하면 큰 화를 입을 것만 같아.

살레리오 그래, 그게 좋겠군.

아, 내가 어떤 프랑스 사람과 이야기를 나누었네.

한데 그의 말에 따르면, 프랑스와 영국 사이에 있는 해협에서

값비싼 화물을 잔뜩 실은

우리 배 한 척이 난파당했다고 하더군.

그 말을 듣자마자 안토니오 생각이 났는데,

그저 그 배가 안토니오의 배가 아니기를 속으로 빌었지.

솔라니오 일단 이 이야기를

안토니오에게 해 주는 게 좋지 않을까?

하지만 너무 갑자기 이야기하지는 마.

괜히 속앓이할 일을 만들어서는 안 될 테니 말이야.

살레리오 그래. 그나저나 나는 여태껏

그렇게 선량한 사람을 본 적이 없었네.

나는 안토니오와 바사니오가 이별하는 장면을 봤었지.

그때 바사니오가 최대한 빨리 돌아오겠다고 말하자

안토니오는 이렇게 대답했어.

"바사니오, 그렇게까지 하지 않아도 돼.

나 때문에 일을 그르치지 말고, 그저 때가 되기를 기다려.

유대인이 받아 간 그 증서가

자네의 연정에 감히 끼어들지 않도록 해.

유쾌하게 행동하고 온 힘을 다해 구혼에 힘써.

그곳에서 네게 가장 어울리는 사랑을 고백하는 데만

신경 쓰라는 말이야." 그는 이렇게 말할 때

두 눈에 눈물이 가득 차오르더니,

끝내 얼굴을 돌리고는 손을 뒤로 내밀었어.

그러고는 놀랍고도 무한한 우정을 보이며

그의 손을 꽉 맞잡고는 헤어졌지.

솔라니오 그는 친구가 있기에

이 세상을 사랑하는 사람이지 않을까.

그럼 우리는 안토니오가 어디 있는지 찾아보고,

울적한 그의 기분을 기쁨으로 채워 줄 뭐라도 해 보세.

살레리오 그게 좋겠어.

(모두 퇴장)

9장

(벨몬트의 포셔 저택. 네리사, 하인 등장)

네리사 (하인에게) 빨리 움직여! 얼른 커튼도 열어 두고.
애러건 왕자님께서 맹세하셨으니,
이제 곧 상자를 열러 오신단 말이야.

(포셔와 애러건 왕자, 그들을 따르는 시종들 등장)

포셔 왕자님, 저쪽에 상자들이 있답니다.
왕자님이 제 초상화가 들어 있는 상자를 찾아내신다면
곧 우리는 결혼식을 올리게 되겠지요.
하지만 그렇지 못하시다면,
군소리 말고 즉시 이곳을 떠나셔야 해요.
애러건 왕자 난 분명히 세 가지를 맹세했소.
첫째, 내가 어느 상자를 선택했는지 누구에게도
밝히지 않겠다.
둘째, 내가 합당한 상자를 선택하지 못한다면
앞으로 평생 어떤 여인에게도 구혼하지 않겠다.
셋째, 유감스럽게도 선택에 실패한다면
그 즉시 당신 곁을 떠날 것이다.

포셔 이토록 보잘것없는 저를 위해 모든 분이

이토록 큰 위험을 무릅쓰며 맹세하시지요.

애러건 왕자 나도 물론 각오한 일이오.

내가 가진 마음의 소원에 행운이 깃들기를!

금, 은, 그리고 하찮아 보이는 납이라……

어디 한번 납부터 찬찬히 살펴볼까.

'이 상자를 고른다면 모든 재산을 내놓고

위험을 감수해야만 하리라.'

아니, 이렇게 변변찮아 보이는

상자에 내 모든 재산을 내놓아야만 한단 말인가?

금으로 된 상자는 뭐라 말하는지 볼까.

'이 상자를 고른다면 많은 사람이 바라는 걸 얻게 되리라.'

많은 사람이 바라는 것이라!

그것은 아둔한 대중을 의미하는 것이겠지.

그들은 겉모습만 보고 사물을 판단하고,

바보 같은 눈이 알려 주는 것밖에 배우지 못하지.

마치 제비가 비바람이 몰아치는 바깥벽에

집을 짓는 언행을 하는 모양이라고나 할까.

따라서 난 그들이 원하는 걸 선택하지는 않을 것이다.

그렇다면 은으로 만든 보물 상자여,

네 위에 적힌 글귀를 읽어 봐야겠다.

'이 상자를 고른다면 내가 지닌 가치만큼을

얻게 되리라.'

그것 참 좋은 말이구나.

누가 요행을 바라며 고귀함을 얻으려 한단 말인가?

절대로 분에 넘치는 지위를 탐내서는 안 될 것이다.

분명 자격 없이 존귀한 자리에 오르려 하는

생각조차 해선 안 되지.

아, 지위며, 계급이며, 관직이며 모두 충분히 그럴 만한

능력을 가진 사람들이 얻게 된다면 얼마나 좋을까!

그럴 수만 있다면 얼마나 많은 사람이

아랫사람에서 윗사람으로 올라갈 것인가?

또 그동안 명령했던 사람이 명령을 받는 사람으로 바뀌는

명수는 또 얼마나 많을 것인가?

윗사람들 중에서 솎아 낼 수 있는 비천한 사람들은

얼마나 많을 것이며, 낮은 자리에서도 얼마나 많은 사람이

새로운 빛을 보게 될 것인가!

어디 상자의 글귀를 다시 볼까.

'이 상자를 고른다면 내가 지닌 가치만큼을 얻게 되리라.'

그래, 그럼 난 내가 지닌 가치만을 받기로 하겠다.

자, 어서 열쇠를 주시오.

곧장 이 상자 안에 있을 행운을 열어 보아야 할 테니.

(상자를 열다가 깜짝 놀란다.)

포셔 걸린 시간에 비해 너무나 하찮은 걸 얻으셨군요.

애러건 왕자 이게 뭐람! 웬 얼간이가 눈을 껌뻑거리며

어떤 쪽지를 전해 주는 그림이라니! 읽어 보기나 할까.

아니, 네 모습은 어쩌면 이렇게 포셔와 딴판이란 말인가!

내 희망과 내 가치하고는 또 얼마나 딴판이란 말인가!

내가 지닌 가치가 저 얼간이만도 못하단 말인가?

이게 내가 얻을 것인가? 내 가치가

겨우 이 정도였단 말인가?

포셔 잘못을 저지르는 것과 이를 평가하는 것은

너무나 다른 일입니다. 심지어 본질은 너무나 대치되지요.

애러건 왕자 이 종이는 또 뭔가?

'이것은 일곱 번이나 불에 달구어진 말이다.

판단은 적어도 일곱 번의 시련을 거쳐야

오판(誤判)으로 이르지 않도록 하지.

그림자에 입을 맞추는 사람들은 단지

행복의 그림자만을 누릴 수 있는 법이리라.

넌 단지 은으로 염색한 바보들 중 하나에 불과하다.

네가 어떤 여인을 얻어서 동침하더라도

내가 영원히 네 옆자리에 있으리라. 그러니 어서 떠나라.

너의 일은 이것으로 끝났다.'

아아, 난 이제 이곳에 오래 있으면 있을수록

더욱 바보처럼 보이겠구나.

구혼할 때는 한 개의 바보 머리만을 달았지만

이제는 두 개를 달고 떠나게 되었어. 그럼 안녕히!
난 맹세를 지키겠소. 그리고 차분히 이 악운을
받아들이겠소. (시종들과 함께 퇴장)

포셔 아, 나방이 스스로 촛불로 날아들어 몸을 태우는 꼴이란!
이런 예의 있는 바보들! 선택에 실패하고 난 다음에
자기의 운명을 받아들이는 지혜는 가지고 있구나!
네리사 "혼삿길과 저승길은 운명과 같다."라는 옛말이
딱 맞네요.
포셔 그래, 네리사. 어서 커튼을 다시 치거라.

(하인 등장)

하인 아씨, 계신가요?
포셔 그래, 무슨 일이지?
하인 방금 베니스에서 어떤 사람이 말을 타고 오다가
아씨의 대문 앞에서 내렸습니다. 그 사람은 자신의 주인이
이곳에 온다는 걸 미리 전달하기 위해 왔다고 하더군요.
곧 정중한 인사와 아씨에 대한 찬사를 늘어놓고는
눈에 보이는 인사, 그러니까 값비싼 선물도 가져왔어요.
전 이렇게 아름다운 사랑의 사신은 정말 처음 봤어요.
곧 화려한 여름이 찾아온다는 걸 누가 알리더라도

자기 주인보다 먼저 찾아온 이 사람에 비하면
아무것도 아닐 겁니다.

포셔 그만하면 됐어. 네가 온갖 말을 동원해서
그 사람을 칭찬하는 걸 들으니,
왠지 네가 그의 친척이란 말을 할 것만 같아.
네리사, 어서 가 보자. 그렇게 예의를 갖춰 찾아왔다는
큐피드의 전령을 나도 한번 만나 보고 싶구나.

네리사 사랑의 신이시여, 부디 바사니오께서 당도하셨기를!

(모두 퇴장)

3막

The Merchant of
Venice

1장

(베니스의 길거리. 솔라니오, 살레리오 등장)

솔라니오 아니, 리알토에서 무슨 소식이 들려온다는 거야?
살레리오 소문이 여전한 모양이야.
　　　　값비싼 화물이 잔뜩 실린 안토니오의 상선 한 척이
　　　　해협에서 난파당하고 말았다는 소문 말이야.
　　　　굿윈 사주(砂洲)에서 일어났다고 하더군.
　　　　그곳은 위태롭고 치명적인 모래사장이라 불리는 곳인데,
　　　　그 안에 수많은 큰 배의 잔해가 묻혀 있다고 하더군.
　　　　하기야 그저 뜬소문이겠지.
　　　　떠버리 노파의 말을 누가 믿겠어.
솔라니오 이번만큼은 그 노파가
　　　　마치 생강을 씹고도 쓴맛이 안 난다고 하는 것처럼
　　　　그저 거짓말을 늘어놓은 것이었으면 좋겠어.
　　　　그런 여인은 자신의 셋째 남편이 죽어서
　　　　눈물을 흘렸다고 허풍을 늘어놓아도
　　　　능히 사람들을 설득시킬 수 있는 법이거든.
　　　　내가 장광설이나 허풍을 늘어놓는 것처럼
　　　　말에 있어 평탄한 대로를 벗어나는 이야기는
　　　　빼고 하는 말이지만,

고귀한 안토니오가…….

아니지, 진실한 안토니오가…….

아, 어떻게 불러야 그 이름에 걸맞은 존칭이

될 수 있을까!

살레리오 알았어. 어서 말이나 매듭지어.

솔라니오 아, 뭐라고? 음, 내 말은 그러니까

안토니오가 배 한 척을 잃어버렸다는 거야.

살레리오 그게 손해의 전부였으면 좋겠어.

솔라니오 그래. 나도 어서 "아멘."을 외쳐야겠어.

악마가 내 기도를 방해해서는 안 될 테니.

저기 유대인의 모습을 한 악마가 다가오고 있으니까.

(샤일록 등장)

솔라니오 아, 샤일록이군요!

혹시 상인들 사이에서 들려오는 새로운 소식이라도

있나요?

샤일록 그거야 당신들이 더 잘 알잖나!

누구보다도 더 잘 알겠지. 내 딸아이가 달아났다는 걸!

살레리오 그건 맞아요.

나도 그녀의 옷에 날개를 달아 준 양복쟁이를 알고 있으니.

솔라니오 하지만 당신도 새끼 새에게

날개가 달렸다는 사실은 알고 있지 않았나요?

게다가 새끼들은 언젠가

어미 곁을 떠날 수밖에 없는 습성을 지니고 있기도 하고요.

샤일록 천벌받을 년!

살레리오 뭐, 악마의 눈으로 본다면 천벌받을 년이겠지요.

샤일록 감히 내 살붙이가 나를 배신하다니!

솔라니오 이봐요, 어르신!

아직도 그 나이 먹고 그런 말을 한단 말이오?

샤일록 난 그저 내 딸이 내 살붙이란 말을 하려 했소.

살레리오 당신과 당신 딸아이의 살은

석탄과 상아보다 더 큰 차이가 있어요. 두 사람의 피 또한

적포도주와 싸구려 백포도주보다 더 큰 차이가 있고요.

그건 그렇고, 혹시 안토니오가

바다에서 손해를 봤다는 소문은 들었어요?

샤일록 아, 난 또 거래를 그르치고 말았구나!

리알토에서는 감히 얼굴도 내밀지 못할

난잡한 파산자 같으니!

엄청 으스대며 이곳에 나타났건만

결국 거지에 불과했다니!

그에게 나와 맺은 계약서를 잊지 말라고 전해 주게!

그놈은 날 고리대금업자라 부르더니, 원!

그 계약서나 잊지 말라고 전해 주게!

예수쟁이가 베푸는 선심이랍시고

돈을 서슴없이 빌려줄 때부터

알아봤어야 했는데! 꼭 잊지 말라고 전하게!

살레리오 안토니오가 기일을 어기더라도

설마 그의 살을 빼앗지는 않겠지요?

대체 그 살이 어디에 쓸 곳이 있겠어요?

샤일록 미끼로나 써야지, 뭐.

설령 어디에 쓸 곳이 없다 하더라도

내 복수심을 충족시키기에는 썩 괜찮을 것이네.

그놈은 날 모욕했고,

무려 50만 더컷을 벌 기회를 놓치게 만들었지.

내가 하는 거래마다 훼방을 놓고는

내가 손해를 볼 때나 이득을 볼 때나 한결같이

나를 조롱했고,

심지어 우리 민족을 비하했지.

그래서 내 적들을 부추기고,

내 친구들을 무심하게 만들었지.

왜냐고? 그거야 내가 유대인이니까 그렇겠지.

유대인은 눈이 없기라도 하나?

유대인은 손이나 오장육부나

육신이나 감각이나 감정이나

정열 따위가 없단 말이야! 우리는 기독교인과 같은

음식을 먹고

같은 무기에 상처를 입으며,

같은 병에 걸리고 같은 약을 먹고 나으며,

겨울에는 똑같이

추위에 떨고 여름에는 똑같이 더위에 어쩔 줄을 모른다고.

당신들이 우리를 찌르면 피가 나지 않기라도 하나?

우리는 간지럼을 태워도 웃지 않는단 말인가?

독약을 먹어도 죽지 않는단 말인가?

그러니 당신들이 우리에게 잘못을 저지른다면,

우리는 당연히 복수해야 하는 것 아닌가?

우리가 다른 부분이 자네들과 같다면,

그 점도 분명 같겠지.

유대인이 기독교인에게 잘못을 저지른다면?

그는 겸손하게 복수를 저지르겠지.

그럼 기독교인이 유대인에게 잘못을 저지른다면?

참고 견뎌야 할까? 아니지! 당연히 복수해야지!

당신들의 교훈대로 나도 행동으로 모범을 보여야겠소.

그 와중에 어떤 고난이 닥치더라도

그 교훈보다 더 철저히 일을 해내고 말겠네.

(안토니오의 하인 등장)

하인 (살레리오와 솔라니오에게 인사를 건네며)

저기, 제 주인님께서 집에 돌아오셨는데

두 분을 뵙고 싶다고 하십니다.

살레리오 우리도 엄청 그를 찾아다니고 있었어.

(튜발 등장)

솔라니오 저기 또 한 명의 유대인이 오는군.

악마가 유대인이 되지 않는 이상

저 인간을 당해 내지는 못할 거야.

(솔라니오, 살레리오, 하인 퇴장)

샤일록 오, 튜발! 제노아에서 무슨 소식 없었나?

내 딸아이 소식은 알아냈나?

튜발 소문을 들은 곳은 모두 가 보았지만 찾을 수가 없었네.

샤일록 아, 이런! 이런! 이런!

딸년이 가져간 다이아몬드 하나는

내가 프랑크푸르트에서 무려 2,000더컷이나

주고 산 건데!

우리 민족에게 이런 재앙이 오다니! 이제야 실감나네.

2,000더컷짜리 다이아몬드나

그 밖에 또 다른 고귀한 보석들이 사라지다니!

아, 딸년이 내 바로 앞에서 죽음을 맞이해도

그 귀에는 보석이나 걸려 있었으면!

그년이 내 바로 앞에서 무덤에 묻혀도

그 관 속에는 더컷이 있었으면!

그래, 진짜 아무 소식도 없단 말인가?

정말 엎친 데 덮친 격이야!

그놈을 수소문하느라 든 돈도 꽤 될 텐데!

그 도둑년이 앗아 간 돈은 또 얼마인가!

심지어 제대로 복수도 하지 못하다니!

모든 악운이 내 어깨 위에 내려앉은 것만 같군.

모든 한숨이 내가 내쉬는 것 같으며,

모든 눈물이 내가 흘리는 것만 같아!

튜발 아냐. 악운은 다른 사람에게도 닥쳐오는 법이지.

내가 제노아에서 들었는데, 글쎄 안토니오가 말이야.

샤일록 뭐, 뭐라고? 악운? 악운이 일어난 건가?

튜발 배 한 척을 난파당했다더군.

트리폴리스에 가던 중에 말이네.

샤일록 오, 신이시여! 고맙습니다! 감사해요!

그게 사실이야? 진짜야?

튜발 겨우 난파를 면한 선원 몇 명과 만나서 이야기해 봤지.

샤일록 고맙네, 튜발. 거 참 잘됐어! 그렇고말고! 하하!

제노아에서 들었다고 했지?

튜발 또 그곳에서 듣기로는

네 딸이 제노아에서 하룻밤에 80더컷을 썼다고 하는군.

샤일록 네가 아주 내 가슴을 찌르려고 작정했구나.

아아, 난 이제 그 돈을 영영 보지 못하겠구나!

순식간에 80더컷을 써 버리다니! 아, 내 80더컷이여!

튜발 한데 내가 베니스로 오는 길에

안토니오의 여러 채권자를 만났는데,

그들은 안토니오가 파산할 수밖에 없을 것이라고 하더군.

샤일록 하하, 정말 잘됐어! 망할 놈!

그를 꼭 고문하고 말겠어! 정말 잘된 일이네!

튜발 그 가운데 한 사람이 내게 보석을 보여 주던데,

자네 딸에게 원숭이 한 마리를 주고 얻은 것이라고 하더군.

샤일록 이런 젠장! 네가 날 고문하려 드는구나!

그건 터키옥일 거야.

내가 총각 때 우리 마누라 레아에게 받은 거지.

그건 원숭이를 트럭째 준다고 하더라도

바꿀 수 없는 물건이라고!

튜발 하지만 안토니오가 망한 건 확실해 보여.

샤일록 암, 물론이지.

튜발, 어서 돈으로 관리 하나를 매수해 놓게.

적어도 2주 전에는 그래야겠지.

어디 한번 기일을 어겨 봐라!
무조건 심장에 있는 살을 도려내리라!
그가 사라진다면 내 맘대로 거래할 수 있겠지!
튜발, 가 보게. 우리는 유대교 예배당에서 만나세.
유대교 예배당이네. 알겠나?

(모두 퇴장)

2장

(벨몬트의 포셔 저택. 바사니오, 포셔, 그라시아노, 네리사, 하인
들 등장)

포셔 제발 하루 이틀만이라도 머물다 가세요.
　　　잘못 선택하신다면 저는 당신과
　　　곧장 작별해야만 하니까요.
　　　그러니 조금만 참아 주세요.
　　　왠지 당신과는 이별하고 싶지 않아요.
　　　아시겠지만 누군가가 밉다면 절대 이런 말은
　　　꺼내지 않겠지요.
　　　물론 처녀의 마음은 마음으로만 간직할 뿐
　　　절대 입 밖으로 내면 안 되지만,
　　　혹시나 당신께서 제 마음을
　　　헤아리시지 못할까 봐 걱정스러워요.
　　　저를 위해 결단을 내리시기 전에
　　　한두 달 정도는 머물게 하고만 싶어요.
　　　합당한 상자를 귀띔해 드리고도 싶지만,
　　　아버님 말씀에 거역되는 일을 할 수는 없지요.
　　　하지만 말씀드리지 않는다면
　　　당신이 잘못된 선택을 하실지도 모르겠군요.

그렇게 되면 저는 차라리

맹세를 깨는 게 나았을 거라고 한탄할 거예요.

아, 당신의 나쁜 눈!

저를 매혹시키고 제 마음을 찢어 놓은 나쁜 눈!

덕분에 제 마음은 두 조각으로 갈라졌지요.

제 마음의 절반은 당신의 것, 나머지 절반도

당신의 것이에요.

물론 당연히 제 것이라 해야겠지만,

당신이 원한다면 얼마든지 내어 드릴 수 있어요.

아, 악독한 시대여!

소유주의 온당한 소유권이 가로막히는 꼴이라니!

그래서 당신의 것이 아직 당신의 것이 되지 못하고 있어요.

그렇다면 운명에게 책임을 물으셔야지,

절대 저한테 잘못을 물으시면 안 될 거예요.

긴 말을 늘어놓았군요. 시간을 끌고 싶었어요.

할 수만 있다면 당신이 선택하는 시간을

끝까지 미루고 싶다고요!

바사니오 어서 선택하게 해 주세요.

지금 난 취조실에 있는 것만 같아요.

포셔 취조실이라고요? 그럼 어서 털어놓으세요.

당신의 사랑에는 어떤 사기(詐欺)가 있는지 말이에요!

바사니오 사기라니요? 나는 그저 내 사랑을

누리지 못하도록 하는 저 추악한 사기만

떠올릴 뿐입니다!

설령 눈과 불이 친밀하게 지내고 생명이 깃든다 하더라도

내 사랑과 그 사기 사이에서는 그런 일이

있을 수 없을 겁니다.

포셔 그래요. 하지만 어디까지나 그 말씀은

취조실에서 하시는 말일 뿐이잖아요.

취조실에서 강압을 받으면 어떤 말이든

지껄일 수 있으니까요.

바사니오 나를 지켜 주겠다고 약속해요. 그럼 진실을 말할게요.

포셔 알겠으니까 고백해 보세요.

바사니오 "고백합니다. 사랑한다고."

이 말이 내 고백의 전부입니다.

아아, 취조하는 사람이

나를 구원할 대답을 가르쳐 주는 모습이라니!

이 얼마나 아름다운 취조란 말입니까!

자, 그럼 내가 운명의 상자로 다다를 수 있도록

도와주세요.

포셔 그렇다면 저쪽으로 가세요!

저 중 한 상자에 제 초상화가 들어 있을 거예요.

당신이 저를 사랑한다면 분명 찾아내실 수 있을 거예요.

네리사! 하인들아! 모두 물러서.

이분이 상자를 고르시는 동안 음악을 연주하도록 해.
만약 실패한다면 당신은 음악 속에서
백조의 최후처럼 사라지고 말리라. 아니, 그렇게 된다면
내 눈은 흐르는 강물이 되고 죽음의 관이 되리라.
아, 물론 성공하실지도 모르지.
그럼 음악은 어떤 곡로 틀어야 하지?
그러면 새로이 등극한 왕에게 사람들이 충성을 맹세할 때
울리는 축제의 음악을 틀어야지.
그 음악은 결혼식의 아침이 밝을 무렵,
신랑을 예식장으로 불러내는 간드러진 화음 같겠지.
자, 드디어 걸음을 옮기시는군.
트로이 사람들이 울부짖으며
바다의 괴물에게 제물로 바쳐야만 했던 처녀를 구한
헤라클레스처럼 위엄 있게 말이야.
하지만 그보다 많은 사랑을 품고서
나는 이제 그 제물이 되고 말리라.
저기 물러선 여인들은 눈물에 젖어 흐릿한 얼굴로
이 위업의 결과를 보러 나온 것이겠지.
가세요, 헤라클레스여! 당신이 살아야 저도 살아요.
싸움을 벌이는 당신보다 그 싸움을 바라보는 제가
더욱더 가슴 아프게 이 싸움을 지켜볼 겁니다.

(바사니오는 상자들을 바라보며 혼잣말로 생각을 이어 간다. 그
동안 음악이 울려 퍼지고, 다음과 같은 노랫말이 들려온다.)

사랑이 움트는 곳은 어디일까?
가슴속일까? 머릿속일까? 어서 말해 주렴.
그것은 어떻게 태어나며 어떻게 자랄까?
(합창) 대답하라. 대답해 보라.
사랑은 눈에서 태어나고,
서로를 바라보며 자라나지만
결국 사랑이 자란 곳에서 죽게 된다.
우리 모두 사랑의 죽음을 알리는 조종(弔鐘)을 울리자.
내가 먼저 울리리라. 딩, 동, 딩, 동.
(합창) 딩, 동, 딩, 동.

바사니오 결국 겉과 속이 전혀 다를 수도 있겠지.
　　　이 세상은 언제나 외관에 속고 마는 법이니까.
　　　법정에서는 아무리 메스껍고 부패한 심리(審理)라도
　　　예의를 갖춘 목소리로 교묘하게 말한다면
　　　사악한 모습은 자취를 감추지 않는가?
　　　종교에서는 아무리 추악한 짓을 저지르더라도
　　　장엄한 얼굴로 축복을 내리며,
　　　경전(經典)으로 말미암아 어떤 악독한 짓이라도

미덕의 특징을 조금은 지니고 있게 되지 않는가?
모래로 빚은 계단처럼 겁만 많은 사람이라도
헤라클레스와 아레스(그리스 신화에 나오는 전쟁의 신)의
우락부락한 수염을 달고 있는 꼴이란!
그들 속을 보면 간은 우유처럼 하얀데도
외모만으로 사람들을 벌벌 떨게 만들지!
사람의 미모만 보더라도 우리는 그게
무게가 무거운 탓에 살 수 있는 것으로 알지만,
실은 자연이 기이한 일을 저질러 가장 많이 덧바른 자가
가장 가벼워 보이게 만든다.
미인의 머리 위에서 마치 뱀처럼 음탕하게 바람과
농지거리를 하는 황금빛 머리카락도 다 엉터리란 말이지.
그러니 진정한 아름다움은 결국 다른 사람의 무덤 속에서
유품으로 남아 있는 법이리라. 결국 그러한 기만은
인간을 가장 위험한 해협으로 이끄는 바다와 같고,
검은 미인을 가려 주는 하얀 가리개인 것이다.
다시 말해 이 교활한 시대 속에서
가장 현명한 사람을 잡으려는 겉치레일 뿐인 것이다.
이것만이 진실이리라. 그러니 저 눈부신 금이여,
미다스가 굳어 버리게 만들어 버린 금이여,
난 네게 관심이 없다.
또 창백한 얼굴로 변변찮은 일만 하는 은이여,

네게도 관심이 없다. 하지만 볼품없는 납이여,
어떤 것을 약속한다기보다 협박하는 것만 같은
모습이여!
네 모습은 웬만한 웅변보다 사람을 더 움직이게
만드는구나.
자, 난 이걸 선택하겠다! 부디 좋은 결과가 있기를!

(하인이 열쇠를 가져다준다.)

포셔 (방백) 온갖 꺼림칙했던 마음이여!
경솔하게 품었던 절망이여!
부들부들 온몸을 떨게 만드는 두려움이여!
눈이 파랗게 변하고 마는 질투여!
이러한 감정들은 이제 하늘 위로 날아가고 말았다!
사랑이여, 진정하고 천천히 와 다오.
달뜬 마음은 차분하게, 기쁜 마음은 적당히 오고
분에 넘치는 마음은 조금만 느리게 와 다오!
나는 이 행복감을 감당하지 못할까 봐
걱정된단 말이다!

바사니오 (납으로 된 상자를 열며) 이건 뭐지?
아! 아름다운 포셔의 초상화로구나!
대체 어떤 신께서 이런 자태를 만드셨단 말이냐?

혹시 눈이 움직이고 있는 건가? 아니면 그 눈이
내 눈 위에 올라타 움직이는 것처럼 보이게 하는 건가?
살짝 벌어진 두 입술은 마치 달달한 설탕 같은
숨결이 떼어 놓은 것 같아. 이토록 달달한 설탕만이
이렇게 아름다운 입술을 떼어 놓을 수 있겠지.
머리카락은 마치 화가가 거미가 되어
황금 그물을 쳐 놓은 것만 같아. 이는 거미줄에 걸려드는
모기보다도 남자들의 마음을 옴짝달싹 못 하게
만드는구나!
그녀의 눈은…… 아니, 어떻게 이 눈을
끝까지 그려 낼 수 있었단 말인가?
눈 하나만 그려 놓아도 그 눈은 화가를 매료시켜서
더 이상 그림을 그리지 못하게 만들었을 텐데!
하지만 내가 이 그림을 아무리 칭송하더라도
그것이 그림에게는 큰 잘못을 저지르는 듯이
이 그림은 절대 실물과 비견될 바가 못 된다.
이 글은 뭐지? 내 행운을 집약한 글이로구나.
"외면만 보고 선택하지 않은 당신은
역시나 운이 좋아 이러한 선택을 해내는구나.
이러한 행운이 찾아왔으니,
당신은 이에 만족하고 더 이상 새 사람을
찾지 말도록 하라.

당신이 이 결과에 기뻐하고 이 행운을 더없는 행복이라
여긴다면,
어서 당신의 부인이 될 사람 쪽으로 몸을 돌려
사랑으로 입을 맞추고 청혼하라." 참 다정한 글이로군.
포셔, 당신이 허락해 준다면 이 글에 따라 행할 것입니다.
또 내가 받아야 할 건 받아야겠지요.
결투를 벌이는 둘 중 하나가 사람들에게
환호와 함성과 칭송을 받고 있는 와중에
정신이 혼란스럽고,
저 칭송이 내 것인지 아닌지 의심해 볼 수밖에 없는 기분,
나는 지금 이러한 기분입니다.
이제 난 너무나 아름답고 고운 당신에게
내가 얻은 이 행복을
확인시켜 주십사 부탁드리고 싶은 마음입니다.

포셔 저의 주인 바사니오시여,
보잘것없는 저는 지금 여기에 서 있습니다.
이제 전 단지 저 혼자만을 위해
높이 나아가고 싶은 야망을 꿈꾸지 않을 것입니다.
하지만 당신을 위해서라면 저는 지금보다
20배의 세 곱절만큼이나 더 높이 나아갈 것이며,
천 배나 더 아름다워질 것이고, 만 배나 더 부자가
될 거예요.

이 모든 건 단지 당신의

훌륭한 평가를 받고 싶어서 그런 것이지요.

전 이제 미덕이나 외모나 재산이나 우정에 있어서

헤아릴 수 없이 나은 사람이 되었으면 좋겠어요.

하지만 아직 저는 그저 보잘것없는 사람일 뿐입니다.

저는 배우지 못한 소녀일 뿐이지만,

다행히도 더 이상 배울 수 없을 만큼

나이를 먹진 않았어요.

그보다 더 다행인 건 배울 수 없을 정도로

기질이 둔하지도 않다는 점이에요. 또 가장 다행인 점은

이제 온순한 제 마음을 오롯이 당신에게 맡기고,

당신의 명령을 주인, 지배자, 임금처럼 받들 수 있다는

것이에요.

(입을 맞춘다.) 자, 이제 저와 제 모든 것은

당신의 것이 되었어요. 조금 전까지만 해도

제가 이 저택과 하인의 주인이자 여왕이었어요.

하지만 이제부터는, 지금 이 순간부터는 이 저택, 하인,

그리고 한결같은 제 자신 전부 제 주인이 된 당신 것이 됐어요.

자, 여기 반지도 드릴 거예요. 만약 당신이 이것을

손에서 빼놓거나 잃어버리거나 남에게 줘 버린다면,

저는 당신의 사랑이 쇠약해졌다는 증표라고 여길 거예요.

또 제가 당신에게 손가락질할 수도 있을 거예요.

바사니오 이제 난 더 이상 할 말이 없군요.

당신이 모든 말을 다 해 주었기에

그저 혈관의 들끓는 피만이 당신에게 말을 건넬 뿐입니다.

내 온몸은 혼란에 빠지고 말았어요.

마치 백성들의 총애를 받는 왕이 멋진 연설을 마치고 난 뒤

기쁨으로 가득 찬 군중 사이에서 볼 수 있는

그런 혼란 말이지요. 각자 말했지만 모두 말하지 않은,

단지 기쁨으로 가득 찼다는 것만 알 수 있는

어지러운 소리가 황야에 서 있는 것 같습니다.

만약 이 반지가 손가락에서 멀어지는 날이 온다면,

그날엔 내 생명도 떠나가고 말 겁니다.

아, 그때가 온다면 망설이지 말고

이 바사니오가 죽었다고 말해도 좋아요.

네리사 주인님, 아씨. 저희도 그동안 옆에서

바라시는 바가 이루어지기를 원하고 있었어요.

이제 저희도 축하의 말씀을 드려야겠지요.

정말 축하드려요!

그라시아노 아, 바사니오! 그리고 고귀한 아가씨!

나는 더 이상 기쁠 것이 없으니, 이제 두 분이

바라는 모든 기쁨을 얻으시길 바랄게요.

그리고 두 분이 축복 속에서 결혼할 때

나 또한 여러분 옆에서 결혼할 수 있도록 해 주세요.

바사니오 네가 아내만 골라 놓았다면 당연히 그래야지.

그라시아노 고마워. 네 덕분에 나도 아내를 고를 수 있었어.

　내 눈도 네 눈처럼 잽싸기로는 뒤지지 않지.

　사실 네가 아가씨를 바라보고 있을 때, 난

　(네리사의 손을 잡는다.) 이 여인을 바라보고 있었어.

　나도 너처럼 조금의 시간이 있었으니 말이야.

　네 운명이 저 상자들에 달려 있을 때,

　내 운명 또한 그 결과에 달려 있었지.

　네 운이 좋으면 나도 이 고운 이를

　사랑할 수 있다는 약속을 겨우 받았으니 말이야.

　내가 얼마나 입천장이 마르고

　땀이 날 정도로 사랑을 맹세했는지, 원.

포셔 정말이야, 네리사?

네리사 아씨 마음에 드신다면 그렇습니다.

바사니오 너도 진심이겠지, 그라시아노?

그라시아노 물론이지, 그렇고말고.

바사니오 그럼 우리의 결혼은

　너희 덕분에 더 큰 영광이 되겠어.

그라시아노 그럼 우리는 저 여인들과 1,000더컷을 걸고

　누가 첫 아들을 먼저 낳나 내기해 보는 건 어때?

네리사 아니, 벌써부터 다 꽂으려고 하는 거예요?

그라시아노 음, 그렇게 못한다면

이 내기는 절대 이길 수 없겠는걸.

아니, 저기 로렌초와 유대인 아가씨가 오네!

베니스 친구 살레리오도 오는구나!

(로렌초, 제시카, 살레리오 등장)

바사니오 어서 와. 로렌초, 살레리오.

내가 아직 이 저택의 주인이 된 지 얼마 되지 않아

자네들을 환영할 자격이 있는지는 모르겠지만.

포셔, 내 고향 친구들을 환영해 줘요.

포셔 물론이지요. 어서 오세요.

로렌초 여기서 널 만나려 하지는 않았지만,

어쩌다 보니 이곳에서 살레리오를 만나

너무나 조르는 바람에

거절하지 못하고 여기까지 오게 됐어.

살레리오 맞아. 그럴 만한 이유가 있었지.

어쨌든 안토니오가 네게 안부를 전해 달라고 했어.

(바사니오에게 편지를 건넨다.)

바사니오 편지를 읽어 보기 전에

일단 안토니오가 잘 지내고 있는지 이야기해 줘.

살레리오 병이 든 건 아니네. 마음이 문제지만.

그렇다고 건강한 것도 아니야. 역시나 마음이 문제지.

어쨌든 그 편지를 읽으면
안토니오의 요즘 처지를 알 수 있을 거야.

(바사니오가 편지를 펼친다.)

그라시아노 네리사, 저기 여성분을 환영해 드려.
반가워, 살레리오. 베니스는 요즘 어때?
우리 뛰어난 무역상 안토니오는 어떻게 지내?
그도 우리의 성공담을 들으면 분명 기분이
날아갈 듯하겠지.
우리는 방금 이아손처럼 황금 양털을 얻었다고!

살레리오 차라리 네가 얻은 양털이
안토니오가 잃어버린 양털이면 좋으련만.

포셔 그의 안색이 창백해지는 걸 보니
저 편지에 뭔가 불길한 내용이 적혀 있는 듯해.
혹시 소중한 친구가 변고를 당한 걸까?
그렇지 않다면 저이의 표정이 이토록 딴판이 된 건가.
심지어 점점 더 창백해지는 것 같아!
바사니오, 미안하지만 전 당신의 반쪽이니
당신의 소식을 적어도 절반은 알아야겠어요.

바사니오 아, 착한 포셔!
이토록 내 마음을 속상하게 하는 어떤 말이

편지에 적혀 있소!

포셔, 내가 처음 사랑을 고백할 때 말했던 것처럼

나는 내 혈관에 흐르는 피가

전 재산이라는 걸 솔직히 털어놓았지요.

나는 신사예요. 그 말은 사실입니다. 다만 그뿐이지요.

나는 빈털터리라고 이야기했지만, 사실 그건 허황된

말이었어요.

나는 빈털터리보다 더 못 한 신세라고 이야기했어야

온당했을 겁니다. 왜냐하면 당신에게 가기 위한

자금을 모으기 위해 친구에게 빚을 지고 말았거든요.

더군다나 그 돈은 그 친구의 철천지원수에게

빌린 것이었지요.

포셔, 여기 편지를 봐요.

이 종이는 지금 내 친구의 육신이나 다름없어요.

이 친구는 지금 편지 한 마디 한 마디에서

생명의 피를 내뿜고 있답니다. 그런데 정말인가,

살레리오?

모조리 실패했단 말이야? 단 하나도 성공을 거두지 못했어?

트리폴리, 멕시코, 영국, 리스본, 바버리,

인도 그 어느 곳에서도

무서운 암초를 단 한 척도 피해 가지 못했단 말이야?

살레리오 맞아. 단 한 척도 그러지 못했어.

심지어 그 현금이 있다 하더라도 그 유대인 놈은

절대 그것을 받으려 하지 않을지도 몰라.

인간의 탈을 쓰고서 그토록 사납게

남을 해치려는 녀석은 정말 처음 봤어.

그놈은 글쎄 밤낮으로 공작님에게 찾아가고

공명정대한 재판이 이루어지지 못한다면

이 나라의 자유를 문제 삼겠다고 한다니까.

무수한 상인이나 공작님이나 저명한 관리들이

그를 달래 보려고 애썼지만 그 누구도 그의

악랄하고도 정의로운 소송을 접게 할 수는 없었어.

제시카 제가 그의 집에 있었을 때, 같은 유대인인

튜발과 츄스에게 하는 말을 들었던 적이 있어요.

심지어 안토니오가 빌린 금액의 스무 배를 가져와도

눈 하나 깜짝 않고 그의 살을 베어 갈 거란 말을요.

법률이나 권위나 공권력이 막아 주지 못한다면

결국 가엾은 안토니오는 그 꼴을 면치 못할 거예요.

포셔 그 궁지에 놓인 분이 당신의 친한 친구인가요?

바사니오 친하다마다요. 더없이 소중한 친구랍니다.

어디 그뿐입니까.

그는 더없이 온화하고 고귀한 성품을 지녔으며

지치지 않는 정신으로 타인에게 예의를 갖추는

사람이지요.

아마 이탈리아에 있는 그 누구보다도 옛 로마의 정신을
가장 훌륭히 지닌 사람이라 부를 수 있겠지요.

포셔 그래서 그 유대인에게 대체 얼마의 빚을 진 건가요?

바사니오 3,000더컷입니다.

포셔 그게 다인가요?

그럼 당장 6,000더컷을 지불하고 계약을 끝내도록 해요.
당신의 친구가 머리카락 하나라도 잃지 않게 하려면
계약 금액의 두 배, 세 배를 줘도 좋아요.
일단 교회에 가서 저를 배필로 삼으시고,
곧장 그분이 계신 베니스로 가세요.
당신이 불안한 마음을 지닌 채
제 옆에 눕게 만들 수는 없을 테니까요.
그 정도 빚이라면 스무 배 이상으로도 얼마든지
갚을 돈을 마련해 드릴 수 있어요.
그렇게 빚을 모두 갚고 난 다음
당신의 더없이 소중한 그분을 모셔 오도록 하세요.
그동안 네리사와 저는 처녀이자 과부처럼 살겠어요.
자, 이제 다시 친구들을 환영해 주세요.
생기도 되찾으시고요.
비싼 값을 치르고 당신을 갖게 되었으니,
저도 그만큼 당신을 사랑해야겠어요.
그럼 그 친구분께서 보내셨다는 편지를 읽어 주시면

어때요?

바사니오 (편지를 읽는다.) "친애하는 바사니오,

내 배는 모조리 난파되고 말았어.

채권자들은 점점 극악무도해지고,

내 형편 또한 극도로 악화되었지.

더구나 유대인과의 계약 기일도 경과하고 말았어.

그 계약에 따른다면 내가 살아남는다는 건

불가능한 일이 되었으니,

그저 죽기 전에 너를 만나 볼 수 있으면 좋겠네.

그럼 너와 나의 채무 또한 정리될 수 있겠지.

하지만 나는 내가 마음먹은 대로 행해 주길 바랄 뿐이야.

행여나 그곳을 떠나지 못할 일이 있음에도

내 편지 때문에 굳이 먼 곳까지 오려 하지 않아도 되니

너무 염려하지 마."

포셔 아아, 어서 떠나시는 게 좋겠어요!

바사니오 당신에게 가도 좋다는 허락을 받았으니

나 또한 걸음을 재촉하겠습니다.

하지만 난 돌아올 때까지 그 어느 침상에서도

편히 눕는 죄를 저지르지 않을 것이며,

어떤 휴식도 우리의 재회를 지연하지 못하게 할 거요.

(모두 퇴장)

3장

(샤일록 집 앞의 거리. 샤일록, 솔라니오, 안토니오, 간수 등장)

샤일록 이보게, 간수. 거 좀 잘 지키고 서 있게.

저놈에게 동정 따위는 거두고.

저놈은 어리석게 이자 없이 돈을 빌려주는 놈이란 말이네.

그러니 두 눈 부릅뜨고 지켜보게.

안토니오 내 말 좀 들어 보세요, 샤일록 씨.

샤일록 난 계약서대로 할 것이네. 허튼소리 하지 마.

난 계약을 충실히 이행할 것이라고 이미 맹세한 바 있네.

심지어 당신은 별다른 이유도 없이

나를 개라고 비하한 적도 있었지.

이 순간만큼 나는 개니 그저 내 이빨이나 조심하거나.

모든 건 공작님이 판단해 주시겠지.

젠장, 이 악랄한 간수 같으니!

넌 그저 이 자식이 원했다는 이유 하나 때문에

이렇게 큰길에 저놈을 데리고 나왔단 말이냐?

안토니오 아아, 부디 내 말 좀 들어 보세요.

샤일록 아이참, 계약서대로 행하겠다니까 그러네.

당신 말은 들을 가치도 없어.

난 그저 계약서대로 하겠으니 더 이상 말 붙이지 마.

내가 무슨 중재자 노릇 하는 기독교 놈들의 말에 휘둘려서

고개나 끄덕이고 동정이나 하며 한숨이나 쉬는

그런 아둔한 놈으로 보이나? 따라오지 마.

더 이상 자네와는 말도 하나 섞기 싫으니까.

난 계약서대로만 행할 것이네!

(문을 '쾅' 닫고 집 안으로 들어가 버린다.)

솔라니오 미친 개 같은 놈!

저놈은 인간과 같이 산 개 중에 가장 악독한 놈일 거야.

안토니오 내버려 둬. 이제 내 희망도 부질없는 것이 되었으니

쫓아다닐 일도 없을 거야.

저놈은 그저 내 목숨을 노릴 뿐이야.

그 이유는 아주 잘 알겠어.

나는 종종 저놈의 빚에 시달리던 사람들을 도와줬으니,

저놈은 날 미워하겠지.

솔라니오 설마 공작님께서

이렇게 대가를 치르는 걸 용납하실 리는 없겠지.

안토니오 공작님도 법을 거스를 수는 없을 거야.

특히 외국인이 베니스에서 가지고 있는 권리가

거부당한다면,

우리 또한 다른 나라들과 교역하는 처지인지라

국가의 신뢰도가 크게 하락하고 말 거야.

그러니 그만 가 봐.

이러저러한 비탄과 손해가 어찌나 내 가슴을
메마르게 하는지
당장 내일 저 굶주린 채권자에게 내줄
살 한 파운드도 없을 것만 같으니 말이야.
간수, 들어갑시다.
난 그저 내일 바사니오가 날 보러
꼭 와 주었으면 좋겠다고 여길 뿐이네.

(모두 퇴장)

(벨몬트의 포셔 저택. 포셔, 네리사, 로렌초, 제시카, 밸다자 등장)

로렌초 부인, 이렇게 바로 앞에서
　　　말씀드리기 민망하기도 하지만 부인은 우정에 대해
　　　더없이 고귀한 생각을 지니고 계시는군요.
　　　특히 남편의 부재를 견디는 부인의 태도에서
　　　더욱 훌륭히 이를 느낄 수 있습니다.
　　　당신이 무엇을 위해 이 호의를 베풀며, 당신이 얼마나
　　　진실한 남자를 위해 선한 일을 행하셨는지 안다면,
　　　더구나 그분이 우리 집안의 어른과
　　　얼마나 친한지 등을 아신다면 다른 호의를
　　　베푸셨을 때보다
　　　훨씬 더 이를 자랑스러워하실 걸로 여깁니다.
포셔 저는 호의를 베풀고 단 한 번도 후회해 본 적이 없어요.
　　　물론 이번에도 마찬가지고요. 친구 사이에는
　　　어떤 우정의 멍에를 함께 짊어지고 있다고 하지요.
　　　그들은 서로 이야기를 나누고 시간을 보내며
　　　정신이나 태도나
　　　얼굴 표정에서 어떤 공통된 모습을 지니게 되기
　　　마련이니까요.

우리 남편과 더없이 친하게 지낸다는 안토니오라는 분은

분명 우리 남편의 모습과 같을 거예요.

그러니 제가 우리 남편을 닮은 그분을 위해

이토록 큰 비용을 지불하는 건 당연한 일이지요.

어쩌다 너무 자화자찬을 늘어놓았으니

더 이상 그 말은 하지 않을게요.

하지만 로렌초, 우리 남편이 돌아올 때까지 당신이

이 집안을 잘 경영하고 관리해 주었으면 좋겠어요.

저는 비밀리에 맹세한 게 있거든요.

우리 남편이자 제 주인이 돌아오는 그날까지

전 단지 네리사의 돌봄만 받으면서

기도와 명상만을 행하기로 하늘 앞에 맹세했어요.

우리는 여기에서 약 3km 정도 떨어진 곳에 있는

수도원에 머물 거예요.

당신을 좋아하는 저를 생각해서라도, 또 지금의 상황을

생각해서라도 부디 거절하지는 말아 주세요.

로렌초 그럴 리가 있나요.

부인의 고귀한 명령은 얼마든지 받아들이겠습니다.

포셔 이곳 사람들은 이미 제 뜻을 알고 있으니,

이제 그들은 당신과 제시카를 저처럼 여길 것입니다.

그럼 다시 만날 때까지 안녕히 계세요.

로렌초 마음 잘 추스르고 돌아오세요!

제시카 부디 흡족한 시간이 되시기를 바랄게요.

포셔 고마워요. 당신들도 꼭 앞서 내게 말해 주었던
그런 시간을 보낼 수 있었으면 좋겠어요. 그럼 이만.

(제시카, 로렌초 퇴장)

포셔 그나저나 밸다자, 여태껏 내게 충실했던 것처럼
그 마음 변치 않길 바라. 자, 이 편지를 받아.
그리고 가능한 한 빨리, 인간이 할 수 있는 최대 속도로
파도바(베니스 서쪽에 있는 도시)로 가. 그곳에서 내 사촌인
벨라리오 박사님에게 이 편지를 꼭 전달해 줘.
그분이 의복과 어떤 문서를 주실 거야.
그럼 넌 그걸 잘 들고
네 상상보다 빠른 속도로 나룻배로 가져와.
베니스로 향하는 그 나룻배 말이야. 지체하지 말고
어서 떠나.
난 너보다 앞서 가 있을 테니 말이야.

밸다자 있는 힘을 쥐어짜서 다녀오겠습니다! (퇴장)

포셔 우리도 가야지, 네리사.
아직 네게 이야기하지 않았지만,
우리가 꼭 해야 할 일이 있어.
바로 남편들을 만나러 가 보는 거야.

물론 그들이 눈치채지 못하게 말이지.

네리사 네? 눈치채지 못하게 할 방도라도 있는 건가요?

포셔 당연하지. 위장(僞裝)을 하는 거야. 그럼 사람들은
여자에게 없는 그것을 우리가 지니고 있다고
여기게 되겠지.
우리가 젊은 남자들이 입는 옷을 입는다면,
분명 내가 더 미남으로 보일 거야. 내기해도 좋아.
난 너보다 더 우아하고도 멋지게 칼을 찰 것이고,
소년과 어른 사이의 변성기를 지나는 사람처럼
풀잎피리 소리를 내며, 아장거리며 걷는 두 걸음을
큰 걸음 하나로 바꿀 거야. 게다가 사내아이들처럼
싸움을 벌였던 이야기를 크나큰 소리로 말하며
교묘하게 거짓말도 늘어놓을 거야.
이런 거짓말이면 어떨까?
고귀한 여인들이 내 사랑을 바라다가 끝내
거절을 당하고는
병들어 죽었다고 말이지.
심지어 그럼에도 난 어쩔 도리가 없었다고 말이야!
그러고는 그래도 그녀들을 죽게 내버려 두어서는
안 됐을 것이라는 말을 하며 반성도 해 보고 말이야.
이런 시시한 거짓말을 스무 개 정도 늘어놓으면,
남자들은 지레 내가 학교를 그만둔 지

1년이 훌쩍 넘은 놈으로 여기고 말 거야.

나는 이런 싱거운 잔꾀가 무수히 많아.

이번 기회에 이를 꼭 모두 실천해 봤으면 좋겠어!

네리사 우리가 남자가 된다는 말이에요?

포셔 무슨 질문이 그래!

옆에서 누가 불결하게 해석하면 어쩌려고!

하지만 어쨌든 가자.

세세한 계획은 문 앞에서 우리를 기다리는 마차에
올라타고

모두 이야기해 줄게. 그러니 서둘러.

적어도 오늘은 30km 정도를 가야 되니 말이야.

(모두 퇴장)

5장

(포셔 저택 앞의 마당. 란슬롯, 제시카 등장)

란슬롯 아, 정말이라니까요.

아버지의 죄는 자식이 물려받게 마련이에요.

그러니 제가 어찌 아가씨 걱정을 하지 않을 수 있겠어요.

전 항상 꾸밈없이 아가씨께 말해 왔잖아요.

그래서 이번에도 말씀드리건대 그저 정신을 잃지 마세요.

분명 아가씨는 지옥으로 떨어지고 말 테니까요.

다만 어떤 희망 하나가 있기는 한데,

사실 그것도 부질없기는 마찬가지지요.

제시카 그래? 어떤 희망인데 그래?

란슬롯 당신 아버지가 당신을 낳지 않았다는 희망이랄까요.

그래서 당신이 유대인의 딸이 아니어야 한다는

그런 희망 말이지요.

제시카 정말 가당찮은 희망이군그래.

네 말대로라면 우리 어머니의 죄도 내가 물려받게

되는 거야?

란슬롯 맞아요. 그럼 아가씨는

아버지 때문이든 어머니 때문이든

무조건 지옥으로 떨어지고 말겠네요.

하나의 고비를 넘기자 또 다른 고비가

맞닥뜨리고 있다 할 수 있을까요.

그러니 아가씨는 어느 방향으로 가도

망할 수밖에 없는 운명이에요.

제시카 하지만 우리 남편이 날 구원해 주겠지.

그이가 날 기독교인으로 만들어 주었으니!

란슬롯 정말 손가락질당할 일만 골라서 하는군요!

가뜩이나 예전부터 기독교인들은 많았는데!

서로 잡아먹을 수 있을 만큼 많았다고요!

그런데 계속 기독교인들이 생겨난다면

그저 돼지고기 값만 오르고 말 거예요.

너 나 할 것 없이 돼지고기를 먹으려고 달려든다면

머지않아 우리는 아무리 돈을 많이 주어도

베이컨 한 쪽도 구경하지 못하게 될 거예요.

(로렌초 등장)

제시카 흥! 당장 남편에게 네 말을 일러바쳐야겠어.

저기 그분이 오고 계시니까!

로렌초 이봐, 란슬롯. 네가 그렇게

내 아내를 한쪽 구석으로 데려간다면

난 머지않아 너마저 질투하고 말 거야.

제시카 아니에요. 그런 걱정은 하지 않으셔도 돼요.
사실 우리는 말싸움을 하고 있었거든요.
저놈이 글쎄, 제가 유대인의 딸이니
천국으로 가지 못한다는 말을 마음대로 지껄이지
뭐예요?
또 당신에게는 유대인을 기독교인으로 만들어서
돼지고기 값만 올라가게 만들었으니
이 나라에 같이 있을 사람이 아니라고도 말했어요.

로렌초 적어도 저 흑인 여자의 배를 부르게 한 것보다는
내가 이 나라에 있기에 더 낫지 않을까?
란슬롯, 대답해 봐!
저 결혼도 안 한 흑인 여자가 네 아이를 밴 게 사실이냐!

란슬롯 그 여인이 심상치 않은 배를 가졌다니 참 안됐군요.
하지만 제가 품었던 배가 아니라면
정말이지 정숙치 못한 여인이에요.

로렌초 하여간 입만 산 바보들이 세상에 이리 많아서야!
이러다가는 그저 침묵하는 것만이 현자의 미덕이 되고,
수다는 전적으로 앵무새들만의 몫이 되겠구나.
이봐, 넌 그저 안에 들어가서 사람들에게
저녁 식사 준비를 하라고 전해.

란슬롯 식사 준비는 이미 되어 있지요.
저들도 위는 다 가지고 있으니까요.

로렌초 아니, 또 말장난을 하는 거냐!

   그럼 저녁상을 차리라고 전해.

란슬롯 그 일도 이미 다 해 놓은 거나 마찬가지요.

   그저 "차려!"라고 한 마디만 하면 그만이니까요.

로렌초 그럼 네가 "차려!"라고 하면 될 거 아니야?

란슬롯 아이참, 제가 어떻게 그러겠어요?

   "차려!"라고 하면 저도 가만히 서 있어야 하는걸요.

로렌초 아주 말끝마다 꼬투리를 잡느라 안달이 났구나!

   제발 그 장난은 하루에 몰아서 하고, 그만둘 수 없느냐?

   부디 솔직한 사람의 말은 솔직히 받아들여 줘.

   그들에게 전해. 음식을 만들고 상을 차리라고 말이야.

   곧 우리도 식사하러 들어갈 거야.

란슬롯 음식은 만들고, 상은 차리라는 말씀이군요.

   그런데 두 분이 식사를 위해 들어오시는 건······.

   뭐 마음 가는 대로 하세요. (퇴장)

로렌초 참나! 저렇게 자기가 하고 싶은 말만 하다니!

   아마도 오묘한 표현을 머릿속에 산더미처럼

   쌓아 두고 있는 모양이야. 심지어 난 저놈보다도

   번지르르하게

   오묘한 말장난만 늘어놓는 바보들을 훨씬 많이

   알고 있어.

   제시카, 괜찮아? 그나저나 당신 의견은 어때?

바사니오의 부인이 마음에 드는지 안 드는지 말이야.

제시카 마음에 든다 안 든다라고

감히 표현할 수 없을 정도로 좋아하지요!

바사니오 씨는 앞으로 올곧게 사셔야 할 거예요.

저렇게 고귀한 부인을 아내로 맞이한 건,

그야말로 천상의 기쁨을 땅에서 누리는 것과

마찬가지지요.

땅에서 올곧은 생활을 하지 못한다면,

천국에 갈 생각은 꿈에도 하면 안 될 거예요!

만약에 두 신이 천상에서 내기한다고 쳐요.

지상에 있는 두 여인의 품위를 견주는 내기라 하지요.

만약 그중 하나가 포셔라면,

다른 여인에게는 무엇인가를 더 보탤 수밖에 없을 거예요.

이렇게 볼품없고 잡스러운 세상에서

그녀를 상대할 여인은 없을 테니 말이에요.

로렌초 아내로서 포셔가 그러하듯, 남편으로서는 내가 있겠군.

당신은 그러한 인물을 갖게 된 거야.

제시카 그런가요?

일단 제 의견도 물어보셔야 되는 거 아니에요?

로렌초 알겠어. 일단 저녁을 먹으면서

이야기나 들어 보기로 하지.

제시카 아니에요. 제가 칭찬하고 싶을 때

당신을 칭찬할 수 있도록 해 주세요.

로렌초 무슨 소리야. 그 이야기는 제발 식탁에서만 해 줘.

그렇게 하면 당신이 어떤 이야기를 하더라도

그저 다른 음식들과 섞여 소화되고 말 테니까.

제시카 알겠어요. 그럼 아주 풍성하게 칭찬해 드리지요.

(모두 퇴장)

The Merchant of Venice

1장

(베니스의 법정. 안토니오, 바사니오, 그라시아노, 살레리오, 여러 관리와 군중 등장. 이내 공작 등장)

공작 으흠, 안토니오는 나와 있는가?

안토니오 네, 여기 있습니다.

공작 이번 일은 유감이네. 자네의 적은 군은 돌 같은 데다가
인정이라고는 털끝만큼도 찾아볼 수 없으며,
일말의 자비나 동정 따위도 전혀 찾아볼 수 없는 사람이지.

안토니오 공작님께서 저자의 가혹한 행동을
누그러뜨리기 위해
고생하셨다는 이야기를 들었습니다.
하지만 저자의 고집이 완강한 데다가
합법적으로는 도저히 그의 악독한 손아귀를 벗어날
노릇이 없다는 걸 깨달았습니다.
그러니 이제 저는 그의 광기를 인내심으로 대하고
그저 조용히
그의 난폭함과 광분을 받아들일 준비만 하고
있을 뿐입니다.

공작 그럼 그 유대인을 데려오거라.

살레리오 이미 문밖에서 기다리고 있던 중이었습니다.

(샤일록 등장)

공작 길을 비켜 주어라. 저자를 내 앞까지 오게 하라.
샤일록, 아마 자네는 마지막 순간까지
경이로울 정도의 포악함을 보이다가 곧 그것보다
더 큰 자비와 동정을 베풀겠지.
세상 사람들이나 나도 그렇게 생각하는 바네.
물론 지금은 계약에 대한 대가로
가엾은 상인의 살 1파운드를 바라고 있지만,
머지않아 자네는 저 불쌍한 상인이 처한 손실에 대해
연민과 동정이 생겨 살 1파운드를 무효로
만드는 것은 물론
계약서에 명시한 돈도 어느 정도 경감해 주리라 믿고 있네.
그래서 구릿빛 가슴, 부싯돌 같은 심장을 가진 자들이나
고집스러운 터키인이나 예절 교육을 한 번도 받지 못한
타타르 사람들에게까지 감동을 이끌어 내리라 믿네.
샤일록, 이제 자네가 그 관대한 대답을 해 줄 차례네.
샤일록 저는 이미 제 생각을 모두
공작님께 말씀드린 바 있습니다.
또한 계약서에 명시된 조건에 따르겠다는 것도
우리의 고귀한 안식일에 걸고 맹세한 바 있지요.
한데 이걸 받아들이지 않으신다면

이 나라의 존립이나 자유는 큰 위험에 처하게
되겠지요!
제가 왜 3,000더컷 대신 살 1파운드를
가져가려 하는지 궁금하실 겁니다.
하지만 지금은 대답하지 않으려 합니다.
다만 제 요사스러움 때문이라고 말하면 되려나요?
이것으로 대답이 될까요? 만약 제가 사는 집에서
쥐 한 마리가 말썽을 부려서 제가 기꺼이 1만 더컷을 써서
그 쥐에게 독을 뿌린다면⋯⋯.
이 정도로 제 대답을 대신할 수 있지 않을까요?
어떤 이는 입을 쩍 벌린 돼지는 쳐다보지도 못하지요!
어떤 이는 고양이만 봐도 미치려 하고요!
또 어떤 이는 풀피리 소리만 들으면
오줌을 참을 수 없기도 하고요!
아마 인간의 감정을 지배하는 마음이란 건
자신이 쌓아 온 호불호에 따라
마음이 휘둘리기 마련이기에 그럴 겁니다.
이제 제대로 답을 해 드릴까요?
왜 어떤 이는 입을 쩍 벌린 돼지를 쳐다보지 못할까요?
왜 어떤 이는 무해하고 도움을 주는
고양이만 봐도 미치려 하는 걸까요?
왜 어떤 이는 곱게 감싸져 있는 풀피리 소리만 들어도

오줌을 참지 못하는 걸까요?

분명한 해답을 찾을 수는 없을 것입니다.

다만 제가 이렇게 손해를 감수하는 소송을 한 이유는

제가 안토니오에게 어떤 증오와 원한을 품었기

때문이라고밖에

설명할 수 있을뿐더러 설명할 수밖에 없겠습니다.

이만하면 대답이 되었을까요?

바사니오 그게 대답이 될 줄 아나?

그걸로 네 잔인함을 변명할 수 있을 것 같으냐?

이 포악한 인간아!

샤일록 내가 당신이 흡족해할 만한 대답을

할 이유는 없을 것 같은데 말이네.

바사니오 자기가 싫어한다고 해서

모두 죽여 버리는 게 정말 온당한 것이냐?

샤일록 미워하면 당장 죽여 버리고 싶은 게 사람의 마음이지.

바사니오 처음부터 미워하는 감정을 가질 수는 없을 텐데!

샤일록 뭐라고? 그럼 넌 독사에게

두 번이나 물려도 좋단 말인가?

안토니오 이봐, 부디 유대인과 언쟁을 벌인단 사실을 잊지 마.

저런 사람과 말다툼을 하느니 차라리 바닷가로 가서

파도에게 일렁이는 높이를 낮추라고 말하는 편이

나을 거야.

늑대에게 왜 어린 양을 잡아먹었느냐고 따지는 게 낫겠지.
아니, 차라리 세찬 바람에 흔들리는 산 위의 나뭇가지에게
소리도 내지 말고 흔들리지도 말라고 이야기하는 게
더 낫겠네.
저 표독스러운 유대인의 마음을 누그러뜨리느니
가장 험난한 일을 자초하는 편이 훨씬 나을 거야.
그러니 부탁하네. 이제 넌 어떤 제안도 하지 말고,
어떤 방법도 찾지 말고, 그저 손쉽고 명료하게
판결이 나서
이자가 자기 소원을 이루도록 해 주는 게 좋겠어.

바사니오 자, 여기 3,000더컷의 갑절인 6,000더컷이 있다!

샤일록 그 6,000더컷 중에서 1더컷이 여섯 배가 되고
또 여섯 배가 되더라도 절대 받지 않을 것이오!
다만 계약서대로 행할 뿐이지.

공작 정녕 자비를 베풀지 않겠다는 말이냐?

샤일록 제 잘못이 없는데
판결을 두려워해야 할 이유가 있겠습니까?
아마 여기 있는 사람들 중 대다수가 노예를 샀겠지요.
그래서 나귀, 노새, 개나 하는 천한 일에
그들을 부리겠지요. 왜 그런 겁니까?
그거야 당연히 돈을 주고 샀기 때문이겠지요.
한데 제가 당신들에게 이렇게 말하면 어떻겠습니까?

"노예를 해방시키고, 당신들의 자식과 결혼시켜라!

왜 그들에게 짐을 지우고 땀을 흘리게 만드느냐?

노예들의 침대도 당신들의 침대처럼 편안하게

만들 것이며,

그들의 입맛에 맞는 요리도 내어 주어라!"

그럼 여러분은 이렇게 대답하겠지요.

"무슨 소리야! 노예는 내 소유니 내 마음이네."

바로 그겁니다. 저도 이렇게 대답할 뿐입니다.

저는 비싼 대가를 치르고 1파운드를 얻었으니,

이제 가져갈 일만 남았지요. 만약 이를 거절당한다면,

이 나라의 법은 참으로 우스운 꼴이 되고 말 겁니다!

베니스의 법도 더 이상 강제력을 지니지 못하겠지요!

공작님, 전 이제 판결만을 기다리고 있겠습니다.

어서 내려 주시지요.

공작 난 내 권한으로 이 재판을 끝낼 수도 있네.

만약 내가 이 사건의 판결을 위해 초청한

벨라리오 박사가 이곳에 오지 못한다면 말이네.

살레리오 공작님! 지금 막 파도바에서

박사님의 편지를 들고 온 전령이 도착했습니다.

공작 편지를 가져오고, 전령도 안으로 불러들이도록 해라!

바사니오 정신 차려, 안토니오! 힘 좀 내라고!

네가 나 때문에 피를 흘리느니 차라리 내 살, 내 뼈,

내 전부를

저 유대인에게 주는 게 낫지.

안토니오 양 떼 중에 가장 병든 양이 있다면 바로 나겠지.

난 죽는 일만 남았어.

가장 약한 과일이 가장 빨리 떨어지는 법이잖아.

그렇게 날 보내 줘. 바사니오, 넌 그저 나보다 오래 살아서

내 묘비에 이름이나 남기면 될 거야.

(변호사의 서기 복장을 한 네리사가 법정 안으로 들어온다.)

공작 파도바의 벨라리오 박사가 보낸 자인가?

네리사 그렇습니다, 공작님. 여기 벨라리오가 공작님께

문안을 여쭙고 있습니다. (공작에게 편지를 준다.)

바사니오 이봐, 왜 그토록 칼을 열심히 갈고 있는 건가?

샤일록 그야 당연히 저 파산자의 살을

베어 가려고 그러는 것이지.

그라시아노 이 사나운 유대인 놈아!

넌 네 구두에 대고 칼을 갈고 있지만

실은 네 영혼에 대고 칼을 갈고 있는 것이다!

하지만 망나니의 도끼도, 어떤 연장도 네 시기에 비하면

절반도 날카롭지 못하겠지.

네게는 어떤 애원도 통하지 않는단 말이냐?

샤일록 음, 적어도 네놈의 머리가

생각한 애원으로는 어림도 없겠지.

그라시아노 육시랄! 확 지옥에나 떨어져 버려라!

너를 살려 두면 이 땅의 정의가 손가락질을 받고 말 거야.

네놈을 보니 내 믿음도 뒤흔들리는구나.

심지어 짐승의 영혼이 인간의 몸에 깃든다는

피타고라스의 말까지 믿게 될 것만 같단 말이다!

개와 다름없는 네 영혼은 원래 인간을 죽인 죄로

사형에 처해진 늑대 안에 들어 있던 것이었겠지.

하지만 그 안에 있던 악랄한 영혼은 죽자마자

그곳을 벗어나 하찮은 네가 어머니의 몸속에 있을 때

너에게 들어가고 만 거야. 그래서 네 욕심은 늑대처럼

탐욕스러움에 굶주린 채 잔혹한 것이겠지.

샤일록 그렇게 욕지거리를 늘어놓는다고

계약서가 파기라도 될 것 같으냐?

그저 공연히 네 허파만 고생할 뿐이네. 이봐, 젊은이.

네 머리가 치료할 수 없는 파멸로 이르기 전에

단단히 뜯어고쳐야겠어. 그저 난 재판의 결과를

기다릴 뿐이네.

공작 음, 이 편지를 보니 벨라리오 박사가

젊고 현명한 청년 박사 한 명을 추천하고 있군.

그자는 어디 있나?

네리사 이 근처에 와 있습니다.

이 법정에 들어와도 되는지에 대한

공작님의 판단을 기다리고 있지요.

공작 그렇다마다. 자, 너희 중 여러 명이 가서

그분을 정중히 모셔 오도록 해라.

(시종 여러 명 퇴장)

공작 그동안 이곳 사람들은

벨라리오 박사가 보낸 편지 내용을 듣도록 하라.

"공작님께 드립니다. 공작님이 보내신 편지를 받았을 때

사실 저는 앓아누워 있었습니다.

하지만 마침 그때 로마의 한 젊은 박사가 저를 찾아왔지요.

그의 이름은 밸다자입니다.

저는 유대인과 안토니오에게 벌어진 분쟁을

그에게 설명했고,

우리 두 사람은 여러 서적을 참고한 후

제 의견을 그에게 전달했습니다.

또한 그의 위대한 학식은

제가 따로 부연할 수 없을 정도로 충분하지요.

따라서 그의 의견을 통해 제 의견이

더 잘 설명될 수 있을 것이라 여겼기에

저를 대신해서 그를 모셔 오게 했습니다.

다만 바라옵건대 그가 나이가 어리다는 이유만으로

그의 발언이 비하되는 일이 없도록 해 주시기 바랍니다.

저는 그렇게 어린 몸에 그렇게 박식한 두뇌를 가진 사람을

여태껏 본 적이 없습니다.

그러니 부디 정중하게 그를 환대해 주시길 바랍니다.

또한 머지않아 그에 대한 찬사도

널리 퍼질 줄로 압니다."

벨라리오 박사는 이런 말을 건넸소.

(법학 박사 복장을 한 포셔 등장)

공작 저분이 그 박사님인 모양이군. 자, 악수합시다.

당신이 벨라리오 박사가 보낸 사람이 맞소?

포셔 네, 그렇습니다.

공작 어서 오시게. 자리에 앉으시지요.

지금 이 법정에서 다루고 있는 문제는 잘 알고 계시겠지요?

포셔 물론입니다. 충분히 알고 있지요.

한데 둘 중 누가 상인이고 누가 유대인인가요?

공작 두 사람은 앞으로 나오라.

포셔 당신이 샤일록이오?

샤일록 그렇소.

포셔 당신은 참 괴이한 소송을 제기하셨군요.

　　하지만 베니스의 국법상 이 소송을 반대할 수도 없습니다.

　　안토니오, 당신의 운명은 이 사람에게 달려 있군요.

　　그렇습니까?

안토니오 네, 그의 말에 달려 있지요.

포셔 계약이 정당하다는 건 인정하시는지요?

안토니오 그렇습니다.

포셔 그럼 유대인이 자비를 베푸는 일만 남았군요.

샤일록 무슨 소리요? 내가 왜 그래야만 하는 거요?

포셔 자비는 절대 강요할 수 있는 것이 아니겠지요.

　　또한 그것은 하늘에서 이 땅에 선사하는

　　부드러운 비와 같겠지요. 자비는 두 가지 복을

　　선사한답니다.

　　하나는 자비를 베푸는 사람에게

　　또 하나는 자비를 받는 사람에게 복이 돌아가지요.

　　그것이야말로 최고 권력자가

　　최고 위치에서 지니는 미덕과 같으며,

　　왕이 쓰는 왕관보다도 더 복될 것입니다.

　　왕이 지닌 홀(笏)은 권력의 상징이자 위엄의 징표인데,

　　이는 왕에 대한 공포를 유발할 뿐이지요.

　　하지만 자비는 이 홀이 지니는 두려움을 뛰어넘어

　　왕의 마음속에 자리하는 것이니,

이는 신이 지니는 속성 중 하나인 것이지요.

그러니 자비로 정의를 활용할 때 인간의 권력은

신의 권력과 제일 가까워지게 된답니다.

이보게, 당신은 분명 정의를 좇는다 말하지만 결국 우리 중

누구도 구원을 받지 못한다는 사실을 생각해 보길

바랍니다.

우리는 이제 자비를 염원하고 있고,

우리의 염원은 당신이 자비를 행하는 것이겠지요.

당신이 주장하는 정의에 대한 말을 반박해 보기 위해

이렇게 말이 늘어졌지만,

그럼에도 당신이 정의를 좇고자 한다면 이 법정은

엄중하게 저 사람에게 불리한 판결을

내릴 수밖에 없겠습니다.

샤일록 내 행동은 내가 감수하면 되지 않소!

나는 계약서대로 이루어지길 바랄 뿐이오.

포셔 이 상인은 돈을 갚을 능력이 없는 건가요?

바사니오 아닙니다. 지금 그를 대신해

제가 돈을 드리도록 하지요.

두 배를, 그걸로도 부족하다면 열 배를 드리리다.

내 손, 머리, 심장을 담보로 잡는 조건으로 말이지요.

하지만 이걸로도 부족하다면 악한 마음이

선한 마음을 눌렀다고 볼 수밖에 없겠지요.

아, 부디 단 한 번만 원칙을 어겨 주세요.

대의를 위해서라도 작은 예외를 통해

이 표독한 악마의 행동을 막아 주세요.

포셔 그래선 안 됩니다. 이미 확정된 법은

베니스의 어떤 권력을 가진 자라도 바꿀 수는 없습니다.

만약 그렇게 한다면 이는 판례로 남아,

이를 본보기로 수많은 불의가

이 나라에 판치게 될 것입니다. 절대 그래서는 안 됩니다.

샤일록 맞습니다! 정말 현명하시군요!

마치 다니엘(옛 이스라엘의 예언자)이 살아 돌아온 듯합니다!

정말 현명하고도 훌륭하십니다!

포셔 그럼 어디 계약서를 보도록 하지요.

샤일록 여기 있습니다. 현명하신 박사님이시여.

어서 읽어 보세요.

포셔 이봐요. 상대방은 당신이 제시한 돈의

세 배를 내놓았는데요.

샤일록 안 됩니다. 저는 맹세, 맹세, 하늘에 대고

맹세를 한 몸이란 말입니다.

어떻게 제 영혼이 위증을 범하게 할 수 있겠습니까?

베니스를 통째로 준다 해도 그럴 수는 없습니다.

포셔 그럼 이 계약은 지켜지지 않게 됐군요.

다시 말해 이 유대인은 계약서에 명시된 대로

마땅히 1파운드를 이 상인의 심장에 가장 가까운 곳에서

베어 낼 수 있습니다. 다만 자비를 베푸는 게 어떻겠소?

세 배의 돈을 받아들이고,

이 계약서를 찢어 버리면 좋겠는데 말이오.

샤일록 일단 계약서에 따라 내용을 이행한 다음에

그렇게 해도 좋겠지요. 당신은 정말 훌륭하신 분 같군요.

법률도 잘 알고 있거니와 그 해석도 너무나 타당했지요.

법에게는 당신이 대들보 같을 거예요.

자, 이제 어서 판결을 내려 주세요.

내 영혼에 걸고 맹세컨대 인간의 어떤 말도

내 마음을 바꾸지는 못할 겁니다.

어서 계약서의 내용대로 할 수 있게 해 주세요.

안토니오 저도 간절히 바라건대 어서 판결을 내려 주십시오.

포셔 그럼 어쩔 수 없군요.

당신은 저 사람의 칼을 가슴에 받을 수밖에.

샤일록 현명하신 분이시여! 고귀하신 분이시여!

포셔 이 계약은 우리 법의 취지와 목적으로 볼 때

충분히 정당성을 지니고 있으니.

샤일록 그렇고말고요!

보이는 것보다 훨씬 더 어른 같으시군요!

포셔 자, 상인은 가슴을 드러내세요.

샤일록 암, 당연히 가슴이지! 계약서에 명시되어 있으니!

'심장에서 가장 가까운 곳' 이렇게 적혀 있기 때문이란 말입니다!

그렇지요, 판사님?

포셔 그렇지요. 그럼 살의 무게를 달 저울도 준비되었습니까?

샤일록 물론이지요! 여기 있습니다.

포셔 그럼 샤일록, 어서 자비로 의사를 부르도록 하세요.

이 상인이 출혈이 심해져서

목숨을 잃어서는 안 될 테니 말이지요.

샤일록 네? 계약서에 그런 내용이 있던가요?

포셔 그런 내용은 없지만,

그쯤이야 자비로 베풀어도 좋지 않겠소?

샤일록 그런 말은 당최 찾아볼 수 없습니다!

계약서에 없는 내용이란 말입니다!

포셔 흠, 상인은 혹시 할 말이 있습니까?

안토니오 할 말은 거의 다 했습니다.

저는 만반의 준비를 마쳤지요.

바사니오, 나와 손이나 잡아 보세. 잘 있어!

자네 때문에 내가 이렇게 됐다고 너무 슬퍼하진 마.

적어도 이번엔 운명의 여신이 평소보다 더 친절하게

날 대하는 것뿐이니까.

평소대로라면 재산을 잃고 살아남은 난

곤궁한 노년 속에서

쾡한 눈과 주름진 얼굴을 하며 보내게 되겠지.

하지만 운명의 여신은 나를 힘겹게 만드는

그런 고통을 멈추게 해 주었을 뿐이야.

고귀하신 부인께도 내 안부를 전해 줘.

내가 죽게 된 과정을 상세히 전해 주고,

내가 자네를 얼마나 사랑했는지도 말해 줘.

또 죽음을 맞이하게 된 나를 아름답게 표현해 줘.

그리고 이야기를 마치거든 부인에게 물어봐.

바사니오가 진실한 친구를 가지고 있었는지 아닌지

말이야.

네가 친구를 잃는 것에 대해 사무치게 아파하며

후회의 감정을 갖는다면,

나도 자네의 빚을 이렇게 갚는 걸 조금도

후회하지 않을 거야.

저 유대인이 내 살을 깊숙이 도려낸다면

난 당장 내 심장을 바쳐 채무를 갚고 말 테니.

바사니오 아아, 안토니오! 내가 결혼하게 된 그녀는 내게

목숨만큼 소중한 사람이야. 하지만 그 목숨도, 내 아내도,

이 세상의 모든 것도 너의 목숨보다는 가치 있지 않아!

너를 지킬 수만 있다면 난 내 모든 걸 기꺼이 내줄 것이야!

암, 그렇고말고!

포셔 이봐요. 혹시 당신 아내 되는 사람이

그 말을 듣는다면 어쩌려고 그럽니까?

그라시아노 저도 아내가 있지요.

물론 아내를 사랑해 마지않지만 지금만큼은

당장 하늘나라로 떠나 버렸으면 좋겠어요.

아내가 하늘로 가서 천사의 얼굴을 해 저 개 같은

유대인 놈의 마음을 바꿀 수 있게 만든다면 좋으련만!

네리사 당신의 아내가 없는 곳에서 말하길 망정이지,

자칫하다가는 괜히 가정만 시끄러워지겠군요.

샤일록 (방백) 아이고, 저 기독교인 남편들 좀 보게나!

내게도 딸년이 있지만, 저런 기독교 놈들과 결혼하느니

차라리 바라바(성경에 나오는 강도)의 후손과

결혼하는 게 낫겠어! (큰소리를 치며)

시간 낭비하지 마시지요! 판결을 어서 끝내 주세요!

포셔 저 상인의 살 1파운드는 샤일록의 것입니다.

이 법정은 이를 인정하고, 법이 그렇게 행하도록 하는

바입니다.

샤일록 정말 현명하십니다!

포셔 또한 당신은 저 상인의 가슴에서

살 1파운드를 베어야 합니다. 이 법정은 이를 인정하고,

법이 그렇게 행하도록 하는 바입니다.

샤일록 정말 박식하기 그지없군요!

자, 판결이 났구나! 그럼 어디 한번!

포셔 잠깐! 아직 말이 다 안 끝났소. 이 계약서에는 당신에게

어떤 피 한 방울도 준다는 내용이 나와 있지 않소.

단지 '살 1파운드'만이 쓰여 있을 뿐이지.

그러니 오로지 살 1파운드만을 가져가시오.

하지만 그 살을 베어 낼 때, 저 기독교인의 피가

단 한 방울이라도 나온다면 당신의 토지와 재산은

베니스 국법에 따라 몰수당하고 말 것입니다.

그라시아노 아! 공명정대하신 분이시여!

이 유대인 놈아, 들었느냐? 정말 현명하신 분이시군요!

샤일록 그렇게 하라고 법에 나와 있나요?

포셔 여기 조목조목 법조문을 읽어 보시지요.

당신이 그토록 정의를 부르짖으니

당신이 생각하는 그 이상의 엄정한 정의를

보여 주도록 하지요.

그라시아노 과연 현명하신 분이시로다!

이 유대인 놈아, 들었느냐? 정말 현명하신 분이시로다!

샤일록 그럼 아까 제안을 따르도록 하지요.

세 배의 돈을 받을 테니 저 상인을 놓아 주십시오.

바사니오 자, 여기 돈.

포셔 잠깐! 유대인이 바라는 정의를 모두 얻도록 해 줘야지요.

서두를 필요 없어요.

그는 오로지 계약서에 나온 내용대로만 행하게

될 것입니다.

그라시아노 이 유대인 놈아, 보이느냐?

정말 공명하고도 현명하신 분이시구나!

포셔 자, 어서 살을 벨 준비를 하세요.

피는 절대 한 방울도 흘려서는 안 됩니다.

또한 살도 정확하게 1파운드만 베어야 합니다.

그보다 적어도 많아도 안 될 일이지요.

설령 그것이 한 톨만큼의 오차라도 발생한다면

아니, 머리카락 한 올만큼의 오차라도 발생한다면

당신은 사형에 처해질 것이고,

당신의 재산 또한 역시 몰수될 것입니다.

그라시아노 보았느냐, 이 유대인 놈아?

정말 다니엘이 살아 돌아온 것만 같구나!

과연 다니엘 같으신 분이야! 이 유대인 놈아, 꼴이 어떠냐!

포셔 이봐요. 왜 가만히 있지요? 어서 살을 떼 가도록 하세요.

샤일록 원금만 받고 저를 이곳에서 벗어나게 해 주십시오.

바사니오 그 돈은 나한테 있다! 자, 여기!

포셔 어허! 저자는 법정에서

수없이 그걸 거절하지 않았습니까?

그러니 오직 정의와 계약서대로 행하게

도와주면 될 뿐입니다.

그라시아노 과연 다니엘!

정말 다니엘이 살아 돌아온 것만 같구나!

그 이름을 가르쳐 줘서 정말 고맙다, 유대인이여!

샤일록 아니, 원금만 받을 수도 없단 말입니까?

포셔 물론이지요. 당신은 살 1파운드 이외에는

어떤 것도 받을 수 없습니다.

그것도 크나큰 위험을 감수하면서 받아야 하겠지요.

샤일록 네, 마음대로 하십시오! 그 돈은 저주나 받으라지!

그럼 내 맘대로 하겠소!

포셔 잠깐! 기다리시오.

당신은 법의 또 다른 심판을 받게 됐으니 말이지요.

베니스의 법률에 따르면, 외국인이

직접적 혹은 간접적으로

베니스 사람의 생명을 위협했음이 명백할 경우에는

범인이 지닌 재산의 반은 피해자의 소유가 되고,

나머지 절반은 국고로 귀속되게 되어 있지요.

이와 더불어 범법자의 생명은 오로지

공작님의 심판에 따라 진행되고,

다른 누구도 일체 간섭할 수는 없게 되어 있습니다.

당신은 지금 이 처지에 놓여 있는 상황이군요.

왜냐하면 간접적, 직접적으로

베니스 시민의 생명을 해치려 했다는 사실이

명명백백해졌으니 말이지요. 따라서 베니스 시민이

생명을 위협받는 처지에 놓이게 되었어요.

자, 그러니 당신은 이제 공작님의 자비를 바랄 일만

남았습니다.

그라시아노 스스로 목을 매도록 허락해 달라고 간청해 보시지!

하지만 재산이 곧 국가에 귀속되고 말 테니

목을 맬 밧줄이나 살 수 있을지 모르겠구먼.

그러니 국가가 네 목을 매는 데 돈을 지원해 줄 수밖에!

공작 우리의 영혼이 너와 얼마나 다른지 보여 주기 위해

네 목숨을 앗아 가는 벌은 네가 간청하기 전에

내가 면해 주도록 하겠다. 다만 이제 네 재산의 반은

안토니오의 것이 되며, 마땅히 국고로 귀속되어야

할 나머지 반은 어느 정도 감면해 주고 벌금만

받을 수 있도록 하지.

포셔 그러시군요.

물론 안토니오의 몫이 아닌 국고의 몫에 한해서 말이지요.

샤일록 아닙니다. 차라리 내 목숨이고 뭐고

싹 다 가져가 버리세요! 내 집을 받치는 기둥을 뺏는다면

이는 곧 내 집을 빼앗는 것이고,

내 삶을 받치는 수단을 뺏는다면

이는 곧 내 삶을 빼앗는 것이지요.

포셔 음, 안토니오? 당신은 어떤 자비를 베풀 수 있나요?

그라시아노 그저 목 맬 밧줄이나 줘 버려!

안토니오 공작님, 그리고 이곳에 계신 여러분.

저는 저 사람이 벌금으로 내게 된 재산 절반을

면해 주신다면 만족하고자 합니다.

다만 제 몫이 된 나머지 절반은 당분간

제가 관리하고 있다가

저 사람이 죽은 후에 최근 저 사람의 딸을 훔쳐 간

어떤 청년에게 양도할 수 있었으면 합니다.

이에는 두 가지 조건이 있습니다.

첫째, 이에 대한 보답으로 저 사람은 즉시 기독교로

개종할 것.

둘째, 저 사람이 죽은 이후에 모든 유산을

로렌초와 딸에게 양도한다는 증서를

지금 이 법정에서 작성하게 하는 것입니다.

공작 그렇게 하지. 만약 이에 따르지 않는다면

앞서 내가 한 말은 모두 취소할 것이네.

포셔 유대인은 이에 만족하십니까?

샤일록 만족합니다.

포셔 그럼 서기는 양도 증서를 작성하도록 하라.

샤일록 그럼 제가 이곳을 떠날 수 있도록 해 주십시오.

몸이 좀 불편하군요.

나중에 증서를 보내 주시면 꼭 서명해 드리겠습니다.

공작 알겠다. 허나 서명은 꼭 해야만 할 것이다.

그라시아노 네놈이 세례를 받는다면

　　두 명의 대부(代父)가 있어야겠지.

　　하지만 내가 재판관이었다면 거기에 열 명을 더해

　　성수반(聖水盤) 앞이 아닌 교수대 앞으로 끌고 갈 것이네!

(샤일록 퇴장)

공작 수고했소. 우리 집에서 저녁이나 같이하는 게 어떻소.

포셔 부디 용서해 주시길 바랍니다.

　　저는 오늘 저녁 다시 파도바로 돌아가야만 하는데,

　　이를 위해서는 곧장 이곳을 떠날 수밖에 없을 듯합니다.

공작 시간 여유가 너무나 없으니 아쉬울 뿐이네.

　　안토니오, 넌 이분께 나중에 꼭 충분히 보답하도록 하게.

　　내가 볼 땐 정말 큰 빚을 졌으니 말이네.

(공작과 무리 퇴장)

바사니오 정말 고맙습니다. 선생님 덕분에 오늘 저희는

　　끔찍한 벌을 피할 수 있게 되었습니다.

　　그 은혜에 보답하는 뜻에서 또 수고에 보답하는 뜻에서

　　원래 유대인 몫이었던 3,000더컷을 드리겠습니다.

안토니오 물론 앞으로 이보다

더 큰 보답을 해야 된다고 생각합니다.

포셔 난 당신들을 구한 것에 만족할 뿐입니다.

그거면 충분합니다.

난 단 한 번도 돈을 바라고 일해 본 적이 없었지요.

훗날 우리가 다시 만난다면 그땐 꼭 나를 알아봐 주세요.

그럼 이만 가 보겠습니다.

바사니오 그럼 저도 억지로 떼를 써야겠습니다.

부디 보수가 아닌 기념품 정도라고 생각하시고

받아 주세요.

제 부탁을 거절하지 말아 주시고,

제 실례를 용서해 주세요.

이 두 가지만은 꼭 허락해 주십시오.

포셔 그렇게까지 말씀하시니 이에 따라야만 하겠군요.

그럼 이 장갑을 주시는 게 어떻겠습니까?

또 저 반지를 갖는 것도 좋겠군요. 이만하면 됐소.

더 이상 받지는 않겠어요. 설마 내 호의를 거절하지는

않겠지요!

바사니오 아, 제 반지 말인가요?

변변치 못한 이 반지를 드린다는 게 좀 민망한데요!

포셔 난 단지 반지만 가져갈 뿐입니다.

다시 보니 이 반지가 내 마음에 쏙 드는군요.

바사니오 실은 이 반지는

고가 이상의 어떤 것을 지니고 있습니다.
차라리 베니스에서 가장 값비싼 반지를 드릴게요.
제가 수소문을 해서라도 꼭 찾아낼 테니,
제발 이 반지만은 이해해 주세요!

포셔 아, 당신은 그저 말로만
감사를 표하는 사람인가 보군요.
처음 당신은 날 구걸하게 이끌더니,
이젠 날 퇴치하려 하는군요!

바사니오 그게 아닙니다.
사실 이 반지는 제 아내가 준 것이라 그렇습니다.
아내는 제 손에 이걸 끼워 주며 절대로 팔지도 말고,
남에게 주지도 말 것이며,
잃어버리지도 말라는 맹세를 하게끔 했습니다.

포셔 많은 사람이 선물을 주기 싫을 때
그런 이유를 들먹이는 법이지요.
하지만 당신의 부인이 정신 나간 사람이 아니고서야
내가 이 반지를 받을 만하다는 것을 깨닫는다면
이를 내게 줘도 크게 아까워하지는 않을 것 같습니다.
그럼 이만.

(포셔, 네리사 퇴장)

안토니오 아이참, 뭐하는 거야! 어서 그 반지를 드려!
　　　　저분의 공로와 내 우정을 합친다면
　　　　네 아내의 명령쯤은 충분히 넘을 수 있잖아.
바사니오 그래, 그라시아노! 어서 쫓아가서
　　　　이 반지를 전해 드려. 그리고 가능하다면 그분을
　　　　안토니오의 집으로 모시고 오도록 해. 자, 어서!

(그라시아노 퇴장)

바사니오 그럼 우리도 이제 네 집으로 가도록 하지.
　　　　그리고 내일은 해가 뜨면 곧장 같이 벨몬트로 가세.
　　　　자, 가자고!

(모두 퇴장)

2장

(법정 앞의 길거리. 포셔, 네리사 등장)

포셔 넌 어서 유대인 집을 찾아내서
　　이 증서를 전해 주고 서명을 받아 와.
　　난 오늘 밤에 바로 떠나서 남편들보다
　　하루 빨리 집에 가야겠지.
　　이 증서를 보면 로렌초가 얼마나 흡족해할까!

(그라시아노 등장)

그라시아노 아름다우신 분이여, 겨우 따라잡았네요.
　　바사니오는 주변의 이러저러한 충고 끝에
　　이 반지를 선생님께 드리기로 했습니다.
　　또한 안토니오 집에서 저녁을 함께하시길
　　너무나 바라고 있습니다.
포셔 저녁은 곤란합니다.
　　하지만 반지는 정말 감사히 받겠다고 전해 주세요.
　　그리고 저 친구와 같이 샤일록의 집까지 가 주세요.
그라시아노 그렇게 하겠습니다.
네리사 잠시만요. 저도 말씀드릴 게 있는데…….

(포셔에게 방백) 저도 제 남편의 반지를 얻어 내 보겠어요!
영원히 품고 있겠다고 약속했던
그 맹세를 지키는지 알아봐야겠어요!

포셔 (네리사에게 방백) 분명 너도 얻을 수 있을 거야.
그들은 반지를 다른 남자에게 줄 수밖에 없었다고
사정사정하겠지만, 우리는 그저 더 사납게
그들을 사로잡도록 해야겠어. 자, 그럼 어서 가 봐!
내가 어디에서 기다릴지는 잘 알겠지?

네리사 자, 그럼 그 사람 집으로 안내해 주시지요.

(모두 퇴장)

The Merchant of Venice

1장

(벨몬트의 포셔 저택. 로렌초, 제시카 등장)

로렌초 달이 참 밝구나. 맞아, 이런 밤이었을 거야.
상쾌한 바람이 부드럽게 나무에게 입을 맞추면
나무들은 그저 가만히 서 있는 밤,
트로일로스(그리스 신화에 나오는 인물. '크레시다'의 연인)가
트로이 성벽에 올라가
크레시다가 잠자고 있는 그리스의 천막을 바라보며
넋 나간 듯 한숨을 쉬던 밤이 이렇지 않았을까?

제시카 티스베(그리스 신화에 나오는 바빌로니아의 여인)가
두려움에 떨며 이슬을 밟고 길을 나아가다가
애인보다 사자의 그림자를 보고 도망친 밤이 이랬겠지요.

로렌초 사나운 바닷가에 선 디도
(그리스 신화에 나오는 페니키아의 왕)가
애인이 카르타고로 다시 돌아오라
버들가지를 흔들었던 밤도 이랬겠지.

제시카 메데이아(그리스 신화에 나오는 여인)가
아이손 노인을 다시 젊게 만들기 위해
불로초를 모았던 밤도 이랬겠지요.

로렌초 이런 밤에 제시카는

돈 많은 유대인에게서 도망쳐 나와

애인과 베니스를 벗어나 벨몬트까지 달아났겠지.

제시카 이런 밤에 로렌초는 불멸의 사랑을 맹세하며

그녀의 마음을 빼앗았지만, 알고 보니 그중에

진실한 말은 하나도 없었겠지요.

로렌초 이런 밤에 우리 아름다운 제시카는

말괄량이처럼 애인에게 욕을 해 댔지만,

아량이 넓은 애인은 모든 것을 용서했겠지.

제시카 이런 말싸움이라면 나도 얼마든지

맞받아칠 수 있을 텐데. 잠깐만!

어디서 인기척이 들리지 않아요?

(스테파노 등장)

로렌초 잠잠한 밤에 누가 이렇게 빨리 달려오는가?

스테파노 친구입니다!

로렌초 친구라니! 누구의 친구란 말인가? 그래, 친구.

자네의 이름은 어떻게 되지?

스테파노 제 이름은 스테파노라고 합니다.

날이 밝기 전에 제 아씨께서

벨몬트에 도착하신다는 소식을 알려 드리기 위해서

왔습니다.

그녀는 보이는 십자가마다 무릎을 꿇고

행복한 결혼 생활을 영위할 수 있기를 빌고 계십니다.

로렌초 혹시 누구와 오는지도 아는가?

스테파노 은둔 수도자 한 분과 하녀뿐이랍니다.

한데 주인님은 아직 안 돌아오셨나요?

로렌초 아직. 심지어 어떤 소식도 들리지 않네.

그나저나 제시카, 우린 이제 이 집의 아가씨를

깍듯이 맞이할 준비를 하자고. 부탁이야.

(란슬롯 등장)

란슬롯 휘이, 휘이! 휘! 휘어야! 휘이, 휘이!

로렌초 누가 소리를 내는 거요?

란슬롯 휘이! 여기 로렌초 씨 계십니까?

어디 계시나요? 휘이! 휘! 휘어야!

로렌초 아, 제발 소리 좀 그만 질러! 여기 있네!

란슬롯 휘어야! 어디, 어디 계신단 말입니까?

로렌초 여기라고!

란슬롯 그럼 로렌초 씨에게 말씀 좀 전해 주세요.

주인님으로부터 편지가 왔다고요!

그것도 뿔 안에 좋은 소식들을 잔뜩 담아서 말이지요.

일단 주인님은 내일 아침 전에는 돌아오신다고

하십니다. (퇴장)

로렌초 그럼 우린 이제 집에 들어가서
주인 내외가 돌아오는 걸 기다리면 되겠어.
아니, 들어가 봤자 뭘 할 게 있겠어!
스테파노, 넌 아가씨가 이곳 주변까지 오셨다고
집안사람들에게 일러 줘. 그리고 악사들도
밖으로 데려오게.

(스테파노 퇴장)

로렌초 그나저나 달빛은 저 언덕 위에서
정말 아름답게 잠자고 있구나!
우린 그저 이곳에 앉아서 들려오는 음악 소리나 들어 보자.
이렇게 조용한 밤에는 감미로운 화음이 제격이지.
앉아 봐, 제시카. 저걸 봐. 저 하늘에는 마치
황금으로 된 접시들이 온통 널려 있는 것 같지 않아?
아무리 작게 보이는 별이라도 궤도를 돌 땐
언제나 날개 달린 천사처럼 합창하기 마련이지.
불멸의 영혼은 모두 그런 화음을 지니고 있는 법이라고.
하지만 우리는 육신이라는 진흙이 감싸고 있는 한
절대 그 화음을 들을 수 없을 거야.

(악사들 등장)

로렌초 어서 오거라! 이리 와서 아름다운 노래를 연주해서
아르테미스(그리스 신화에 나오는 달의 여신)를 불러 보거라!
또한 가장 아름다운 가락을 보내
그 소리가 아가씨를 사로잡아
집으로 무사히 찾아오도록 하거라!

(연주가 시작된다.)

제시카 난 왜 아름다운 음악을 들을 때면
흥이 안 나는지 모르겠어요.
로렌초 그건 당신이 너무나 정신을 긴장시키기 때문이지.
저기 야생에서 뛰노는 짐승 무리를 봐.
또 아직 어리고 길이 들지 않은 망아지 무리를 봐.
그들은 몸 안에서 피가 들끓기 때문에
그토록 날뛰면서 마구 울어 대잖아.
하지만 그들도 나팔 소리나 아름다운 음악을 듣게 된다면
사나웠던 시선은 그들을 얌전하게 바꾸고 말 거야.
이윽고 그들은 가만히 선 채 음악을 듣게 되겠지.
그래서 시인들은 악사 오르페우스
(그리스 신화에 나오는 시인이자 음악가)가

나무, 돌, 강물을 움직였다는 표현도 하지 않나.

아무리 무감각하거나 미친 존재라 하더라도

음악이 있다면 잠시 그 본성을 잠재울 수 있는 법이지.

행여나 마음속에 음악이 없다면,

혹은 어떤 화음을 듣고도 전혀 감동을 받지 않는

사람이라면

그저 배신, 음모, 약탈 따위의 일밖에 못 할 거야.

그런 놈의 정신은 밤처럼 둔하게 움직일 것이고,

그런 놈의 감정은 사후 세계처럼 시커멀 뿐이지.

자, 이제 음악에 귀를 기울여 보자고.

(포셔, 네리사 등장)

포셔 저기 우리 집에서 나오는 빛이 보여!

저 작은 촛불이 이렇게 멀리 있는 곳까지 비치다니!

꼭 악독한 세상에서 선한 행동이 빛나는 것만 같군.

네리사 달빛이 있었을 때만 해도 저 촛불이 보이지 않았어요.

포셔 큰 영광은 작은 영광의 빛을 잠재우는 법이지.

왕이 없을 때는 대리인도 왕처럼 빛나 보이기 마련이지만,

진짜 왕이 돌아온다면 대리인의 위엄은

육지의 시냇물이 바다에 삼켜지는 듯 사라지고 말지.

아, 음악 소리가 들려오는걸! 어서 들어 봐!

네리사 아씨 악사들이 내는 소리 같아요!

포셔 역시 환경이 참 중요한 듯해.

낮에 듣는 것보다 훨씬 더 아름답게 들리는 것 같아.

네리사 고요함이 선사하는 효과이지 않을까요?

포셔 따로 떨어져 있다면 아마 까마귀도 종달새처럼

감미로운 화음을 낼 거야. 또 아무리 감미로운 꾀꼬리라도

대낮에 거위 떼가 떠드는 가운데서 노래했다가는

굴뚝새와 다를 바가 없을 거야. 모든 것은 때가

잘 갖추어졌을 때,

정당한 찬사와 진정한 인정을 받기 마련이지.

쉿! 지금 달님은 엔디미온

(그리스 신화에서 달의 여신이 사랑했던 미소년) 옆에서

잠을 자며 깨고 싶지 않아 하는 듯해!

로렌초 내 착각이 아니라면 분명 포셔의 목소리가 들렸어!

포셔 내 목소리가 흉해서 그런지

마치 장님이 뻐꾸기를 알아보는 것처럼 날 찾아냈군.

로렌초 어서 오세요!

포셔 우리는 남편들이 무탈하길 빌었는데,

제발 그 기도가 이루어졌으면 좋겠네요.

그분들은 돌아오셨나요?

로렌초 아직요. 하지만 조금 전 사람이 와서

머지않아 돌아오신다는 소식을 전해 왔습니다.

포셔 우리도 들어가지.

아, 네리사. 넌 하인들에게 이 말을 전해. 우리가 이곳을
비웠다는 사실을 들키지 않도록 각별히
신경 쓰라고 말이야.
또 로렌초와 제시카도 마찬가지예요. 알았지요?

(나팔 소리가 울린다.)

로렌초 주인님이 돌아오셨군요! 나팔 소리가 나니 말이에요!
그 일은 함구하고 있을 테니, 너무 걱정하지 마세요.
포셔 오늘 밤은 햇빛이 병이 든 것만 같아.
해가 모습을 보이지 않으니 너무 초라해 보여.

(바사니오, 안토니오, 그라시아노, 그들을 따르는 시종들 등장)

바사니오 해가 없어도 당신이 이곳을 거닌다면
우리에게는 지구 반대편의 대낮처럼 밝게 느껴질 거예요.
포셔 제가 빛을 선사한다면 너무나 좋은 일이지만,
그렇다고 방정을 떨어서는 안 되겠지요.
아내가 방정을 떨면 남편이 처참해진다는 말이 있잖아요.
하지만 당신에게 그런 일은 절대 일어나지 않을 거예요.
모든 건 다 하느님의 뜻에 맡기지요. 어쨌든

잘 돌아오셨어요!

바사니오 고마워요. 그나저나 이 친구를 환영해 주세요.

바로 이 친구가 내가 무한한 빚을 지고 있는

안토니오랍니다.

포셔 정말 많은 짐을 지셨다고 들었어요.

전적으로 바사니오가 신세를 지고 말았네요.

안토니오 하지만 이젠 모두 청산됐습니다.

포셔 참으로 잘 오셨어요.

하지만 입으로만 환영을 표할 수는 없으니,

인사는 이쯤에서 접기로 하지요.

그라시아노 (네리사에게) 저 달에 걸고 맹세컨대

당신은 정말 큰 잘못을 하는 거야.

글쎄, 난 그 반지를 재판관의 서기에게 줬다니까 그러네!

그 일에 이토록 신경을 쓰다니!

차라리 그 친구가 거세라도 됐으면 좋겠다고

생각할 지경이야.

포셔 아니, 오시자마자 이 무슨! 왜 싸우시는 거예요?

그라시아노 아, 별거 아니에요.

그저 변변찮은 금반지 하나 때문이지요.

그 반지 안에는 무슨 칼 장수가 칼에 새기는 것처럼

"나를 사랑해 주세요. 다만 버리지는 마시고요."라는

내용이 새겨져 있었답니다.

네리사 값어치니 글귀 같은 이야기는 왜 하시는 거지요?

그걸 받았을 때 당신은 분명 맹세하지 않았나요?

죽는 날까지 끼고 있을 거라고,

무덤에서까지 끼고 있을 거라고 말이에요.

제가 아닌 당신의 열렬한 그 맹세를 생각해서라도

조심히 간직하셨어야지요!

아니, 재판관의 서기에게 주었다고요?

분명 평생토록 얼굴에

수염 하나 자라지 않을 사람에게 주신 거겠지요!

그라시아노 아니야. 어른이 되면 분명 수염이 나겠지.

네리사 그렇겠지요. 여인이 나이가 들어

남자로 변한다면 말이지요.

그라시아노 아이참, 아니라니까! 내 손에 걸고 맹세컨대

난 어떤 소년에게 반지를 주었어.

그저 조그맣고 앳된 어린아이 말이야!

심지어 당신보다 키도 작았다고!

그런데 어쩌나 반지를 달라고 졸라 대는지

내가 차마 거절할 수가 없을 지경이었어.

포셔 솔직히 말하자면, 당신은 욕먹어도 싸요.

아내가 준 첫 선물을 그렇게 손쉽게 내놓다니요.

당신에 대한 믿음으로 살에 박아 놓았던 것이잖아요.

저 또한 남편에게 반지를 선물했고,

절대 다른 사람에게 주지 않겠다는 맹세를 받았지요.

여기 있는 이분은 감히 맹세컨대

온 만물을 다 준다 하더라도

절대 그 반지와는 바꾸지 않을 분일 거예요.

그라시아노, 당신은 아내에게 너무 큰 잘못을 저질렀어요.

나 같았어도 분명 미쳐 버렸을 것 같아요.

바사니오 (방백) 젠장! 차라리 내 왼손을 잘라 내고,

그 손을 지키려다 끝내 반지를 잃어버렸다고

말하는 게 낫겠어.

그라시아노 참, 바사니오도 자신의 반지를 내주었단 말이에요.

그 재판관이 하도 조르는 바람에 줄 수밖에 없었다고요.

물론 그분은 그 반지를 받아 마땅한 분이었지만 말이에요.

그 서기도 내 반지를 달라고 졸랐고요.

그 아이는 글을 받아 적느라 꽤 고생했는데,

하필이면 내 반지를 달라고 졸라 댔지 뭐예요.

참 신기한 게 재판관이나 서기나 다른 것은

일절 안 받겠다 하고 오로지 반지만 주길 바랐어요.

포셔 여보, 무슨 반지를 준 건가요?

설마 제가 드린 반지를 준 건 아니겠지요?

바사니오 실수에 거짓말을 덧붙일 수 있다면

힘껏 부정해 보고도 싶지만, 보다시피 그 반지는

이미 사라지고 없어요. 내 손가락에서 사라지고 말았지요.

포셔 아아! 당신이 지닌 가짜 마음처럼 텅 비어 버렸군요!

하늘에 맹세컨대 저는 절대 그 반지를 다시 볼 때까지

당신과 동침하지 않을 거예요.

네리사 (그라시아노에게) 저도 마찬가지예요!

제 반지를 볼 때까지는 당신 옆에서 자지 않겠어요!

바사니오 아아, 포셔. 내가 반지를

어떤 사람에게 주었는지 안다면,

그 반지를 어떤 이를 위해 주었는지 안다면,

또 내가 그 반지를 왜 주었는지 안다면,

또한 그자가 얼마나 반지에만 집착하는지 안다면,

지금처럼 마음이 상하지는 않을 거요.

포셔 당신이 그 반지의 가치를 알았다면,

그 반지를 선물한 여자가 지니는

가치의 절반이라도 알았다면,

또 명예를 위해서라도 그 반지를 지켜야 한다는 걸

알았다면, 그 반지를 그리도 쉽게 내어 주지는

않았겠지요.

세상에 그런 사람이 어디 있나요?

당신이 열정적으로 반박했다면 분명 포기했을 그 물건에

끝까지 집착하는 그런 염치없는 사람이 있다니!

네리사의 말이 옳아요.

분명 그 반지는 여자에게 주셨겠지요!

바사니오 그럴 리가! 내 명예를 걸고,

아니, 내 영혼을 걸고 맹세해요.

여인이 아닌 어떤 법학 박사가 가져갔단 말입니다.

내가 3,000더컷을 준다고도 했지만

한사코 거절하고 반지만 주길 바랐단 말이오!

처음 요청은 분명 거절했었지.

그런데 내 친구의 생명을 지켜 준

그 사람이 얼마나 빈정이 상했던지!

이 광경을 어떻게 표현해야 할까요?

그러니 난 어쩔 수 없이 사람을 시켜

그 반지를 줄 수밖에 없었지요.

사람들에게 수치스러움을 겪고 나자

내 명예를 더럽힐 수는 없다고 여겼어요.

그러니 부디 용서해 줘요.

아름다운 저 밤의 촛불들을 걸고 맹세컨대 난 당신이

그곳에 있었어도 반지를 줄 수밖에 없었을 거란 말입니다.

포셔 그럼 그 박사란 분은 이제 절대

우리 집 근처로는 얼씬도 못 하게 하세요.

저를 지켜 주겠다는 맹세를 하셨지만

너그럽게도 그 사람에게 내어 주셨으니,

이젠 저도 당신처럼 너그러워져야겠어요.

그를 본다면 무엇이든지,

심지어 제 몸과 당신의 침대까지도 내어 드릴 거예요.

전 왠지 꼭 그분과 동침할 것만 같아요.

그러니 당신은 이제 하룻밤도 집을 비우면 안 될 거예요.

그리고 아르고스(그리스 신화에서 무수한 눈이 달렸다고 전해

지는 괴물)처럼 저를 잘 감시하세요.

만약 저를 혼자 내버려 두신다면,

아직은 깨끗한 제 순결에 걸고 맹세컨대

그 박사와 잠자리를 갖고 말겠어요.

네리사 저도 마찬가지예요. 그 서기와 동침할 거예요.

그러니 당신도 저를 혼자 내버려 두지 말아요.

그라시아노 어디 마음대로 해 봐.

다만 그놈이 내 손에 안 잡히게 해야 될 거야.

그 어린 서기 놈, 잡히기만 해 봐라!

그럼 내가 그놈의 펜대를 부숴 버리고 말 테니!

안토니오 제가 불행히도 이 모든 싸움의 원인이 됐군요.

포셔 아니에요. 그렇게 생각하지 않으셔도 돼요.

어쨌거나 정말 잘 오셨어요.

바사니오 내가 잘못했어요, 포셔.

그렇게 될 수밖에 없었던 잘못을 헤아려 주세요.

이렇게 많은 내 친구들이 듣는 가운데 맹세컨대

나를 담고 있는 당신의 아름다운 두 눈을 걸고…….

포셔 뭐라고요? 제 눈이 두 개니

당신도 저를 이중으로 보시는 거로군요!

한 눈에 하나씩 말이에요!

그러니 이중적인 당신의 마음에 걸고 맹세하세요.

그렇게 불러야 믿음직한 맹세라고 할 수 있지 않겠어요?

바사니오 아아, 내 말 좀 잘 들어 줘요.

이번 잘못만 용서해 준다면 내 영혼에 걸고 맹세컨대

더 이상 당신과의 서약을 깨뜨리지 않을 거예요.

안토니오 난 저 친구의 행복을 위해

내 몸까지 저당 잡혔었지요.

하지만 저 친구의 반지를 가져간 박사의 힘이 없었더라면

나는 진작 사라지고 말았을 겁니다.

그러니 이번에는 내 영혼을 담보로 하고

다시 맹세토록 하지요.

이 친구가 다시는 일부러

맹세를 깨뜨리는 일이 없을 거라고 말이지요.

포셔 그럼 당신이 보증을 서시면 되겠군요.

(손가락에서 반지를 뺀다.) 이 반지를 저이에게 드리세요.

그리고 전보다 더 잘 간수하라고 전해 주세요.

안토니오 뭐해, 바사니오!

어서 반지를 잘 지키겠다고 맹세하지 않고!

바사니오 어? 이건 분명 내가 박사에게 주었던 그 반지인데!

이게 무슨 일이야!

포셔 여보, 용서해요. 난 이 반지를 얻는 조건으로
　　　박사와 동침하고 말았어요.

네리사 당신도 용서해 줘요. 저도 이 반지를 얻는 조건으로
　　　그 어린아이와 동침하고 말았어요.

그라시아노 뭐라고? 아니, 무슨 양을 잃고
　　　우리를 고치는 꼴도 아니고!
　　　우리가 모르는 사이에 바람을 핀 거야?

포셔 어머, 그렇게 저급한 말은 하지 말아요.
　　　다들 놀라셨지요? 자, 시간이 나신다면
　　　이 편지를 한번 읽어 보세요.
　　　파도바의 벨라리오라는 분께 온 거랍니다.
　　　그럼 이 포셔가 박사였고,
　　　네리사가 서기였단 걸 알게 되실 겁니다.
　　　당신들보다 우리가 훨씬 빨리 길을 떠났고 돌아왔다는 건
　　　여기 있는 로렌초가 증명해 줄 거예요.
　　　저도 이제 막 집에 되돌아가는 길이었답니다.
　　　안토니오 씨, 정말 잘 오셨어요.
　　　당신이 상상도 하지 못했던 소식을 제가 가지고 있답니다.
　　　어서 이 편지를 읽어 보세요. 글쎄 당신의 상선 세 척이
　　　상품을 가득 싣고 돌아왔다는 거예요!
　　　제가 어떻게 이 편지를 얻게 됐는지는 차마 묻지 말아
　　　주세요.

안토니오 와! 놀라워서 뭐라 말도 못 하겠네요!

바사니오 아니, 당신이 박사였는데 내가 알아보지 못했다는
거요?

그라시아노 네가 바람을 피우려 했다는 그 서기라고?

네리사 맞아요. 하지만 절대 서기가 그런 짓은 하지 않을 테니
걱정 마세요. 무럭무럭 자라서 남자로 바뀌지 않는
한 말이에요.

포셔 아, 박사님. 이제 저와 같이 주무시지요.
혹여나 제가 자리를 비운다면
제 아내와 잠자리를 가지셔도 좋겠습니다.

안토니오 부인 덕분에 내 재산과 생명을
되찾을 수 있게 된 것이로군요!
이 편지를 보니 분명 내 상선들이 안전히 입항한 것
같습니다.

포셔 그나저나 로렌초, 이 서기가
당신이 좋아할 만한 소식을 하나 들고 왔어요.

네리사 맞아요. 이번엔 아무 조건 없이 드릴 겁니다.
바로 당신과 제시카에게 유대인의 모든 유산을
사망 이후 양도한다는 증서예요.

로렌초 아! 두 분은 굶주린 인간에게
달콤한 만나(광야에서 방황하던 교인들에게 하느님이 내려 주
었다고 하는 음식)를 선사해 주시는군요.

포셔 벌써 해가 뜰 시간이 됐군요.

하지만 아직도 이 일이 어떻게 일어난 것인지
궁금하신 점이 많을 것 같아요.
자, 어서 안으로 들어가시지요. 그리고 무엇이든
물어보세요.
최대한 성실하게 답변해 드릴게요.

그라시아노 그래야지요. 일단 네리사가 대답해야 할
첫 번째 질문은 두어 시간 뒤면 아침이 오는데,
내일 밤까지 참을 것인가 아니면 곧장 같이
자러 갈 것인가
이겁니다. 만약 곧장 자러 간다면
나와 서기가 누워 있을 동안에는
내내 어두컴컴했으면 좋겠군요.
다만 네리사가 지닌 동그란 그것을
내가 잘 지킬 수 있을지 이것만 걱정할 뿐입니다.

(모두 퇴장)

베니스의 상인

The Merchant of Venice

작품 해설 및 작가 연보

「베니스의 상인(The Merchant of Venice)」 작품 해설

1. 작가의 생애

영국이 낳은 세계적인 시인이자 극작가인 윌리엄 셰익스피어(William Shakespeare, 1564~1616)는 1564년 4월 26일, 잉글랜드 스트랫퍼드 어폰 에이번(Stratford-Upon-Avon)에서 출생했다. 아버지 존 셰익스피어는 부유한 상인이었기에 셰익스피어는 비교적 여유로운 환경에서 성장한다.

그는 성서와 고전을 통해 라틴어를 배우며 초·중등 교육을 받게 된다. 하지만 점점 가세가 기울어지면서 학업을 중단하게 된다. 그는 비록 고등 교육을 받지 못했지만, 문학에 남다른 재능이 있었기에 훗날 작가로서 위대한 명성을 떨치게 된다. 1582년에는 여덟 살 연상녀인 앤 해서웨이와 결혼하고, 1585년에 아들과 쌍둥이 딸을 얻게 된다.

1588년부터 1589년까지 셰익스피어의 작품들이 런던에서 상연되며, 이 무렵 그는 런던에 머물게 된다. 그는 시인이자 극작가, 배우, 극장 주주로서 다방면에서 활동한다.

1590년대의 영국은 엘리자베스 1세(1558~1603)가 통치하던 시기였으며, 문화·예술의 부흥기였다. 이때부터 셰익스피어는 극작가로서 재능을 인정받기 시작한다. 그는 궁내부장관 극단의 단원이 되어 전속 극작가이자 시인으로 활동하게 된다. 그러다가 1599년에는 궁내부장관 극단의 동료들과 함께 신축한 글로브 극장의 공동 소유주가 된다. 하지만 페스트가 창궐하면서 극장이 폐쇄되고 극단도 개편된다. 1603년, 제임스 1세가 즉위하면서 그의 후원 아래 궁내부장관 극단은 국왕 극단으로 개명되고, 셰익스피어는 그곳에서 조연 배우로 활동하게 된다.

그의 작품들은 창작 시기를 기준으로 크게 4단계로 나눌 수 있다. 1기로 볼 수 있는 1590년대 초반(1590~1594)에는 「헨리 6세(Henry VI)」, 「리처드 3세(Richard III)」 등의 역사극과 「실수 연발(Comedy of Errors)」과 같은 희극을 창작했다. 또한 이 시기에 그는 「비너스와 아도니스(Venus and Adonis)」, 「루크리스의 능욕(The Rape of Lucrece)」이라는 시를 발표하며 시인으로서도 뛰어난 면모를 보인다.

2기로 볼 수 있는 1590년대 중반(1595~1600)에는 「로미오와 줄리엣(Romeo and Juliet)」, 「한여름 밤의 꿈(A Midsummer Night's Dream)」, 「헛소동(Much Ado About Nothing)」, 「뜻대로 하세요(As you like it)」, 「십이야(Twelfth Night)」 등과 같이 사랑을 소재로 한 로맨스극을 창작한다. 하지만 셰익스피어가 가장 주목을 받았던 것은 비극을 쓰기 시작한 1600년대부터였다.

3기로 볼 수 있는 1600년대 초반(1601~1607)은 그의 작품성이 절정에 이른 시기였다. 희극「윈저의 즐거운 아낙네들(The Merry Wives of Windsor)」을 비롯해「트로일러스와 크레시다(Troilus and Cressida)」,「끝이 좋으면 다 좋아(All's Well That Ends Well)」,「자에는 자로(Measure for Measure)」와 같이 희극과 비극적 요소가 혼재된 작품들과「줄리어스 시저(Julius Caesar)」,「안토니와 클레오파트라(Antony and Cleopatra)」등과 같은 비극을 주로 창작했다. 그러다가 1606년 이후부터 그의 필생의 역작인 4대 비극,「햄릿(Hamlet)」,「오셀로(Othello)」,「리어왕(King Lear)」,「맥베스(Macbeth)」가 탄생한다.

마지막 4기로 볼 수 있는 1608년 이후(1608~1613)에는「심벨린(Cymbeline)」,「겨울 이야기(The Winter's Tale)」,「태풍(The Tempest)」과 같이 희극과 비극적 요소가 혼재된 희비극을 창작하며 인생에 대해 심도 있게 고찰했다.

이렇듯 수많은 작품을 창작한 셰익스피어는 1613년까지 총 38편의 작품을 발표한 뒤 1616년 4월 23일, 53세를 일기로 생을 마감했다. 그의 작품은 생전에 19편 정도 출간되었고, 그의 사후인 1623년에 글로브 극장 시절의 동료들이 편집해서 모은 극작품들이 2절판 작품집(folio)으로 출간되었다. 현전하는 셰익스피어의 작품은 희곡 38편, 소네트(sonnet, 14행시) 154편과 더불어 장시 2편이 있다.

그가 남긴 수많은 작품 중에서 오늘날까지 꾸준한 사랑을 받고 있는 희곡「베니스의 상인」에 대해 살펴보기로 하자.

2. 작품 내용 살펴보기

「베니스의 상인」은 「말괄량이 길들이기」, 「한여름 밤의 꿈」, 「뜻대로 하세요」, 「십이야」와 더불어 셰익스피어의 5대 희극 중 하나다. 이 작품은 포셔와 바사니오의 사랑, 바사니오와 안토니오의 우정, 안토니오와 샤일록의 재판 이야기가 맞물려 전개되고 있다. 셰익스피어는 이 작품을 통해 사랑과 우정, 용서와 자비 등 사람이 살아가는 데 있어 꼭 필요한 소중한 가치들을 상기시켜 주고 있다.

셰익스피어가 이 작품을 집필하던 1596년 무렵의 영국은 엘리자베스 여왕 치하, 상업이 성행하고 기독교인들이 유대인을 멸시하던 시대였다. 「베니스의 상인」은 이러한 사회적 분위기를 반영해 르네상스 시대에 가장 부유했던 도시 베니스를 배경으로 사건을 전개하고 있다. 작품 내용은 다음과 같다.

어느 날, 바사니오라는 한 청년이 벨몬트의 부유한 상속녀인 포셔에게 청혼하러 가기 위한 여비를 마련하기 위해 가장 친한 친구이자 베니스의 부유한 상인인 안토니오에게 돈을 빌려 달라고 부탁한다. 바사니오는 자신의 재산을 모두 탕진한 상태였고, 안토니오는 수중에 여윳돈이 없었다. 하지만 가장 친한 친구의 부탁을 거절할 수 없었던 안토니오는 바사니오의 보증인이 되어 유대인 고리대금업자 샤일록에게 돈을 빌린다.

샤일록 (방백) 아, 저 아첨하는 세리(稅吏) 같은 꼴은 뭔가!

난 저놈이 기독교인이어서 너무도 그를 미워하지.

게다가 저놈은 어리석고 비겁하게도 무이자로

돈을 꿔 주니,

베니스의 우리 대금업자 사이에서

이자가 낮아질 수밖에 없잖나!

그러니 기회가 생긴다면, 내 숙원(宿怨)을 꼭 풀고 말리라!

저놈은 우리를 미워할 뿐만 아니라 여러 상인이

모인 곳에서도

나를, 내 장사를, 내 소득을 비하하기 바쁘지.

너무나 정당하게 모은 내 소득을 '이자'라고

비하하는 꼴이란!

설령 내 후손이 저주를 받더라도

난 절대 그를 용서하지 않으리라!

안토니오 (방백) 바사니오, 저 말 들었나?

악마가 자신을 옹호하기 위해 성경을 인용하는 꼴을!

사악한 인간이 성경을 인용하는 것은

악마의 미소나 다를 바가 없지. 겉으로는 멀쩡한 사과가

속으로는 아주 문드러져 있는 꼴이라고!

아아, 그 모습은 얼마나 아름다운지!

샤일록 이봐, 안토니오. 나는 이미 리알토에서

　　내 돈과 밥벌이에 대해 당신이 여러 번 나를

　　비하했단 이야기를 들은 바 있네.

　　그래도 난 애써 이를 외면하며 꿋꿋이 버텨 왔지.

　　인내는 우리 민족의 기질이니까.

　　당신은 날 이교도라거나 난폭한 개라고 하면서

　　우리 유대인의 옷에 침을 뱉었지.

　　난 그저 내 것을 활용했을 뿐인데 말이네.

　　한데 그런 당신이 내 도움을 필요로 하다니.

샤일록 어이구, 아브라함이시여! 이 기독교인들을 좀 보십

　　시오!

　　이 거래를 시원찮다고 여기니

　　남에 대한 의심만 배운 모양입니다!

솔라니오 미친 개 같은 놈!

　　저놈은 인간과 같이 산 개 중에 가장 악독한 놈일 거야.

샤일록 (방백) 아이고, 저 기독교인 남편들 좀 보게나!

　　내게도 딸년이 있지만, 저런 기독교 놈들과 결혼하느니

　　차라리 바라바(성경에 나오는 강도)의 후손과

　　결혼하는 게 낫겠어!

악덕하고 잔인한 고리대금업자 샤일록은 유대인이라는 이유로 인종 차별을 받고 있었기에 복수심으로 가득 찬 인물이다. 유대인은 소수 민족인 데다가 모호한 민족성에도 천재적 재능을 발휘하는 엘리트들과 부호들이 많았다. 그래서 유럽인들에게 그들은 충분히 위협적이면서도 눈엣가시 같은 존재였다. 당시 유럽 사회에서는 유대인이 탐욕에 가득 찬 인종이라는 인식이 팽배했다. 셰익스피어 역시 유대인에 대해 부정적인 감정을 가지고 있었기 때문에 이 작품에 등장하는 악인 샤일록을 유대인으로 설정한 것이다. 유대인 샤일록, 안토니오와 바사니오를 비롯한 기독교인들의 대사를 통해 당시 유대인과 기독교인이 심하게 반목(反目)하고 있었음을 알 수 있다.

사람들에게 이자를 받지 않고 돈을 빌려주며 자신의 고리대금업을 지속적으로 방해하던 안토니오에게 평소 불만을 품고 있던 샤일록은 이번 기회에 그에게 제대로 복수하기로 결심한다. 샤일록은 만약 빌려 간 돈을 기한 내에 갚지 못하면, 안토니오의 가슴에서 가장 가까운 살 1파운드를 떼어 가겠다는 잔인한 계약 조건을 제시한다. 채무를 충분히 갚을 능력이 있다고 자부하던 안토니오는 망설임 없이 샤일록의 조건을 받아들이고 그와 계약한다.

한편, 벨몬트의 부유한 상속녀인 포셔는 아버지의 유언대로 자신의 구혼자들을 시험한다. 그녀는 금, 은, 납으로 된 상자 중 하나에 자신의 초상화를 넣은 뒤 그들에게 하나의 상자를 고르게 한다. 포셔의 초상화가 들어 있는, 납으로 된 상자를 선택한 바사니오는 최종적으로 이 시험에 통과해 포셔와 결혼을 약속하게 된다.

그러던 어느 날, 물건을 잔뜩 싣고 돌아오던 안토니오의 배가 난파당했다는 소식이 전해진다. 안토니오는 전 재산을 잃었을 뿐만 아니라 샤일록에게 빌린 돈을 갚지 못하게 되어 목숨을 잃을 처지가 된다. 바사니오는 이 소식을 듣고 시름에 잠긴다. 포셔는 바사니오에게 빌린 돈의 몇 배라도 갚아 줄 수 있으니 안토니오에게 다녀오라고 말한다.

포셔 자비는 절대 강요할 수 있는 것이 아니겠지요.
    또한 그것은 하늘에서 이 땅에 선사하는
    부드러운 비와 같겠지요. 자비는 두 가지 복을
    선사한답니다.
    하나는 자비를 베푸는 사람에게
    또 하나는 자비를 받는 사람에게 복이 돌아가지요.
    그것이야말로 최고 권력자가
    최고 위치에서 지니는 미덕과 같으며,
    왕이 쓰는 왕관보다도 더 복될 것입니다.
    왕이 지닌 홀(笏)은 권력의 상징이자 위엄의 징표인데,

이는 왕에 대한 공포를 유발할 뿐이지요.

하지만 자비는 이 홀이 지니는 두려움을 뛰어넘어

왕의 마음속에 자리하는 것이니,

이는 신이 지니는 속성 중 하나인 것이지요.

그러니 자비로 정의를 활용할 때 인간의 권력은

신의 권력과 제일 가까워지게 된답니다.

빚진 돈을 갚지 못한 안토니오는 샤일록과 함께 재판을 받게 된다. 재판관으로 변장한 포셔는 샤일록에게 자비를 베풀 것을 요구하지만, 샤일록은 계약 조건대로 이행하겠다며 완강하게 버틴다. 포셔는 수차례 샤일록을 설득하지만, 그는 고집을 꺾지 않는다.

바사니오 아아, 안토니오! 내가 결혼하게 된 그녀는 내게

목숨만큼 소중한 사람이야. 하지만 그 목숨도,

내 아내도,

이 세상의 모든 것도 너의 목숨보다는 가치 있지 않아!

너를 지킬 수만 있다면 난 내 모든 걸 기꺼이

내줄 것이야!

암, 그렇고말고!

그러자 포셔는 샤일록에게 계약서의 조건대로 이행하라

는 판결을 내린다. 승리감에 도취된 샤일록은 만족스러워하고, 절망에 빠진 안토니오는 모든 것을 체념한 뒤 판결을 받아들일 마음의 준비를 한다. 바사니오는 자신 때문에 죽을 위기에 처한 안토니오에게 그의 목숨은 세상 어떤 것과도 바꿀 수 없을 만큼 소중하다며 그에게 미안함과 고마운 마음을 드러낸다.

마침내 재판관 포셔는 기지를 발휘해 "살은 떼어 가되 단 한 방울의 피도 흘려서는 안 된다."라는 최종 판결을 내린다. 판결을 이행할 수 없었던 샤일록은 결국 패소한다. 샤일록은 무고한 베니스인의 목숨을 위협한 죄로 전 재산을 몰수당하고, 기독교로 개종하라는 명령을 받는다.

3. 마치며

셰익스피어의 초기작에 속하는 「베니스의 상인」은 그의 희극이 완숙기에 접어들고 본격적인 비극의 서막이 열리던 1596년 무렵에 쓰였으며 '5대 희극' 중 하나로 불리는 작품이다. 악덕한 유대인 고리대금업자 샤일록의 패배, 기독교로의 강제 개종이라는 결과적인 측면에서 볼 때는 기독교인들의 승리라고 볼 수 있다. 그러므로 이 작품은 분명 기독교인들에게는 희극이 될 것이다.

반면, 쓰라린 패배를 맛본 유대인의 입장에서는 비극으로 볼 수밖에 없기에 「베니스의 상인」은 완전한 희극이 아닌 희비극으로 분류되기도 한다. 앞서 언급했듯 셰익스피어 역시 당시 유럽인들처럼 유대인에게 좋지 않은 감정을 가지고 있었다. 하지만 이 작품을 '유대인을 향한 기독교인들의 조소나 풍자'라고 단정 지을 수만은 없다. 작품을 보는 시각은 다양해서 이 희곡을 '기독교인들의 위선을 비판한 작품'이라고 보는 관점도 분명 존재하기 때문이다. 이처럼 셰익스피어는 당시 사회를 지배하던 인식과 가치관을 작품에 투영함으로써 독자들에게 다양한 해석의 가능성을 제시하고 있다.

'베니스의 상인'이라는 작품의 제목이 무색할 만큼 베니스의 상인인 안토니오의 비중은 그리 크지 않다. 오히려 샤일록을 주인공으로 보는 것이 타당할 만큼 셰익스피어는 샤일록이라는 고리대금업자를 작품의 중심에 두고 유대인이 지닌 탐욕성과 배금주의를 조롱하거나 비난하고 있다. 동시에 당시 유대인을 차별하고 핍박하던 유럽 사회의 씁쓸한 단면도 제시하고 있다.

「베니스의 상인」은 오늘날까지 새로운 모습으로 출간되고 수많은 연극과 뮤지컬, 영화로도 제작되어 꾸준한 사랑을 받고 있다. 각기 다른 인물들이 지닌 개성과 더불어 대문호라는 명성에 걸맞은 긴장감 넘치는 탄탄한 전개, 그리고 그의 작품에서 빼놓을 수 없는 섬세하고 아름다운 문체는 독자들을 사로잡기에 충분한 요소로 작용한다.

사랑과 우정을 지켜 나가며 타인을 이해하고 포용하는 자세는 인간이 지녀야 할 미덕이다. 이는 세월이 흘러도 변하지 않는, 결코 변해서는 안 될 보편적이고 소중한 가치다. 따라서 이 작품에 투영된 셰익스피어의 정신은 수세기가 지난 오늘날에도 과거가 아닌 생생한 현재로서 우리 곁에 머물고 있다.

작가 연보

1564년 잉글랜드 스트랫퍼드 어폰 에이번에서 태어남. 존 셰익스피어와 메리 아든 사이에서 8남매 중 맏아들로 출생.

1577년 가정 형편 때문에 학업을 중단함.

1582년 여덟 살 연상인 앤 해서웨이와 결혼함.

1583년 첫 딸인 수잔나가 태어남.

1585년 아들 햄닛과 딸 쥬디스 쌍둥이 남매가 태어남.

1588~1589년 런던에서 최초 극작품들이 공연됨.

1590~1592년 「베로나의 두 신사」, 「실수 연발」, 「헨리 6세」(1, 2, 3부)를 창작함. 로버트 그린의 "벼락출세한 이"라는 언급을 통해 런던 연극계에서 셰익스피어의 이름이 처음으로 거론됨.

1593~1594년 장시인 「비너스와 아도니스」와 「루크리스의 능

욕」을 발표함. 「말괄량이 길들이기」를 창작함.

1595~1597년 「로미오와 줄리엣」, 「리처드 2세」, 「존 왕」, 「한여름 밤의 꿈」, 「사랑의 헛수고」를 창작함. 1595년에 챔벌린 극단의 주주가 됨. 이때부터 배우, 극작가, 주주로 활동이 시작됨.

1596년 아들 햄닛이 11세의 나이로 사망함.

1597~1598년 「헨리 4세」(1, 2부), 「헨리 5세」, 「헛소동」을 창작함.

1599년 글로브 극장을 건립함.

1598~1600년 「헨리 5세」, 「줄리어스 시저」, 「뜻대로 하세요」를 창작함.

1600~1601년 「햄릿」, 「윈저의 즐거운 아낙네들」, 「십이야」를 창작함.

1601년 아버지 존 셰익스피어가 사망함.

1602년 「트로일러스와 크레시다」를 창작함.

1603~1605년 「오셀로」, 「끝이 좋으면 다 좋아」, 「아테네의 타이먼」을 창작함.

1605~1606년 「리어왕」, 「맥베스」, 「안토니와 클레오파트라」를 창작함.

1607년 「페리클리즈」를 창작함.

1608년 「코리오레이너스」를 창작함. 어머니 메리 아든이 사망함.

1609년 「심벨린」, 「소네트의 집」을 출판함. 셰익스피어의 극단이 블랙프라이어즈 극장을 매입함.

1610년 런던에서 스트랫퍼드로 귀향함.

1613~1614년 「헨리 8세」, 「두 귀족 친척」을 창작함.

1616년 사망해 스트랫퍼드 어폰 에이번의 성 트리니티 교회에 안장됨.

생각뿔 | 세계문학 미니북 클라우드 라이브러리

거장의 숨소리를 만나는 특별한 여행

001 | 위대한 개츠비 × F. 스콧 피츠제럴드 Francis Scott Key Fitzgerald
- 〈타임〉선정 '현대 100대 영문 소설' • 랜덤하우스 선정 '20세기 100대 영문 소설' 2위
- BBC 선정 '반드시 읽어야 할 고전'

002 | 동물농장 × 조지 오웰 George Orwell
- 〈타임〉선정 '현대 100대 영문 소설' • 미국 대학위원회 SAT 추천 도서 • 〈뉴스위크〉선정 '세계 100대 명저' • BBC 선정 '지난 1,000년간 최고의 문학가' 3위

003 | 노인과 바다 × 어니스트 헤밍웨이 Ernest Hemingway
- 노벨 연구소 선정 '세계 문학 100대 작품' • 〈뉴스위크〉선정 '세상을 움직인 100권의 책'
- 우리나라 문인이 가장 선호하는 '세계 문학 100선'

004 | 데미안 × 헤르만 헤세 Herman Hesse
- 미국 대학위원회 SAT 추천 도서 • 1946년 노벨 문학상 수상 작가 • 우리나라 문인이 가장 선호하는 '세계 문학 100선'

005 006 007 | 오만과 편견 × 제인 오스틴 Jane Austen
- 미국 대학위원회 SAT 추천 도서 • 노벨 연구소 선정 '세계 문학 100대 작품'
- BBC 선정 '지난 1,000년간 최고의 문학가' 2위

008 009 | 1984 × 조지 오웰 George Orwell
- 〈타임〉선정 '현대 100대 영문 소설' • 〈뉴스위크〉선정 '역대 세계 최고의 책' 2위
- BBC 선정 '지난 1,000년간 최고의 문학가' 3위

010 | 이방인 × 알베르 카뮈 Albert Camus
- 미국 대학위원회 SAT 추천 도서 • 1957년 노벨 문학상 수상 작가 • 노벨 연구소 선정 '세계 문학 100대 작품' • 우리나라 문인이 가장 선호하는 '세계 문학 100선'

*** | 독일인의 사랑 × 프리드리히 막스 뮐러 Friedrich Max Müller
- 한국출판문화산업진흥원 선정 '대학 신입생 추천 도서'

*** | 이상한 나라의 앨리스 × 루이스 캐럴 Lewis Carroll
- BBC 선정 '영국인이 즐겨 읽은 책 100선' • 영국 최고 아동 도서 50선

*** | 두 도시 이야기 × 찰스 디킨스 Charles John Huffam Dickens
- 미국 대학위원회 SAT 추천 도서 • 미국 하버드대학교 선정 '신입생 추천 도서'

*** | 오페라의 유령 × 가스통 르루 Gaston Leroux
- 세계 4대 뮤지컬인 〈오페라의 유령〉 원작

*** | 월든 × 헨리 데이비드 소로 Henry David Thoreau
- 미국 대학위원회 SAT 추천 도서

*** | 킬리만자로의 눈 × 어니스트 헤밍웨이 Ernest Hemingway
- 1954년 노벨 문학상 수상 작가

*** | 오즈의 마법사 × 라이먼 프랭크 바움 L. Frank Baum
- 미국 대학위원회 SAT 추천 도서
- 연세대학교 선정 '필독 도서'

*** | 레 미제라블 1~5 × 빅토르 위고 Victor Marie Hugo
- 세계 4대 뮤지컬인 〈레 미제라블〉 원작 • WTO 북클럽 추천 도서

*** | 파우스트 1~2 × 요한 볼프강 폰 괴테 Johann Wolfgang von Goethe
- 미국 대학위원회 SAT 추천 도서 • 서울대학교 선정 '권장 도서 100선'
- 국립중앙도서관 선정 '청소년 권장 도서'

*** | 바냐 아저씨 × 안톤 체호프 Anton Pavlovich Chekhov
- 서울대학교 선정 '동서 고전 100선'

*** | 바람이 분다 × 호리 다쓰오 Tatsuo Hori
- 애니메이션 〈바람이 분다〉 원작

*** | 세 가지 질문 × 레프 니콜라예비치 톨스토이 Leo Nikolayevich Tolstoy
- 영어권 문학가들이 뽑은 '가장 좋아하는 작가'

*** | 맥베스 × 윌리엄 셰익스피어 William Shakespeare
- 미국 대학위원회 SAT 추천 도서 • 서울대학교 선정 '권장 도서 100선'
- 연세대학교 선정 '필독 도서 200선' • 국립중앙도서관 선정 '청소년 권장 도서'

*** | 외투 · 코 × 니콜라이 바실리예비치 고골 Nikolai Vasilievich Gogol
- 러시아 단편 소설의 모태가 된 작품

*** | 좁은 문 × 앙드레 지드 Andr-Paul-Guillaume Gide
- 1947년 노벨 문학상 수상 작가

*** | 벚꽃 동산 × 안톤 체호프 Anton Pavlovich Chekhov
- 세계 3대 단편 소설 작가의 극작품 • 1888년 푸시킨상 수상 작가

*** | 벤자민 버튼의 시간은 거꾸로 간다 × F. 스콧 피츠제럴드 Francis Scott Key Fitzgerald
- 영화 〈벤자민 버튼의 시간은 거꾸로 간다〉 원작

*** | 눈의 여왕 × 한스 크리스티안 안데르센 Hans Christian Andersen
- 노벨 연구소 선정 '세계 문학 100대 작품' • 세계를 움직인 100권의 책

*** | 개를 데리고 다니는 여인 × 안톤 체호프 Anton Pavlovich Chekhov
- 노벨 연구소 선정 '세계 문학 100대 작품' • 서울대학교 선정 '고전 200선'
- 1888년 푸시킨상 수상 작가

*** | 이솝 이야기 × 이솝 Aesop
- 서울 독서교육연구회 권장 도서 • 어린이 독서위원회 권장 도서

*** | 무기여 잘 있거라 × 어니스트 헤밍웨이 Ernest Hemingway
- 1954년 노벨 문학상 수상 작가

*** | 네 개의 서명 × 아서 코난 도일 Arthur Conan Doyle
- BBC 드라마 〈셜록〉 원작

*** | 배스커빌가의 개 × 아서 코난 도일 Arthur Conan Doyle
- BBC 드라마 〈셜록〉 원작

*** | 미녀와 야수 × 잔 마리 르 프랭스 드 보몽 Jeanne-Marie Leprince de Beaumont
- 애니메이션 〈미녀와 야수〉 원작

*** | 공포의 계곡 × 아서 코난 도일 Arthur Conan Doyle
- BBC 드라마 〈셜록〉 원작

*** | 주홍색 연구 × 아서 코난 도일 Arthur Conan Doyle
- BBC 드라마 〈셜록〉 원작

*** | 제인 에어 1~2 × 샬럿 브론테 Charlotte Bronte
- 〈옵서버〉 선정 '인류 역사상 훌륭한 책' • 〈가디언〉 선정 '세계 100대 최고의 책'
- BBC 선정 '반드시 읽어야 할 고전' • 미국 대학위원회 SAT 추천 도서

*** | 피아노 치는 여자 × 엘프리데 옐리네크 Elfriede Jelinek
- 2004년 노벨 문학상 수상 작가

*** | 왼손잡이 × 니콜라이 레스코프 Nikolai Semyonovich Leskov
- 러시아 사람들이 가장 좋아하는 소설

*** | 마음 × 나쓰메 소세키 Natsume Sosek
- 서울대학교 선정 '권장 도서 100선'

*** | 실낙원 1~2 × 존 밀턴 John Milton
- 단테의 『신곡』과 함께 '최고의 기독교 서사시'로 꼽히는 작품

*** | 복낙원 × 존 밀턴 John Milton
- 기독교 서사시 『실낙원』의 속편

*** | 테스 1~2 × 토머스 하디 Thomas Hardy
- 미국 대학위원회 SAT 추천 도서 • BBC 선정 '영국인이 사랑한 도서 100선'
- 서울대학교 선정 '고등학생 권장 도서 100선'

*** | 어머니 이야기 × 한스 크리스티안 안데르센 Hans Christian Andersen
- 1846년 덴마크 단네브로 훈장 수상 작가

*** | 야간 비행 × 앙투안 드 생텍쥐페리 Antoine Marie Roger De Saint Exupery
- 1931년 페미나 문학상 수상 작가

*** | 톰 소여의 모험 × 마크 트웨인 Mark Twain
- 1876년 출간 이후 절판된 적이 없는 스테디셀러

*** | 포로기 × 오오카 쇼헤이 Shohei Ooka
- 제1회 요코미쓰 리이치상 수상 작가

*** | 인공호흡 × 리카르도 피글리아 Ricardo Piglia
- 1997년 플라네타상 수상 작가
- 아르헨티나 작가 선정 '아르헨티나 역사상 가장 위대한 10대 소설'

*** | 정글북 × 조지프 러디어드 키플링 Joseph Rudyard Kipling
- 1907년 노벨 문학상 최연소 수상 작가 • 애니메이션, 영화 〈정글북〉 원작

*** | 신곡-연옥 × 단테 알리기에리 Alighieri Dante
- 미국 대학위원회 SAT 추천 도서 • 〈뉴스위크〉 선정 '세계 100대 명저'
- 서울대학교 선정 '권장 도서 100선' • 국립중앙도서관 선정 '고전 100선'

*** | 황금 물고기 × J.M.G. 르 클레지오 Jean-Marie-Gustave Le Clezio
- 2008년 노벨 문학상 수상 작가

*** | 판탈레온과 특별봉사대 × 마리오 바르가스 요사 Mario Vargas Llosa
- 〈포린 폴리시〉 선정 '가장 영향력 있는 지식인 100인' • 1994년 세르반테스상 수상 작가

*** | 잠자는 숲속의 공주 × 샤를 페로 Charles Perrault
- 애니메이션 〈잠자는 숲속의 공주〉 원작

*** | 나귀 가죽 × 오노레 드 발자크 Honore de Balzac
- 작가의 '철학 연구'의 첫 번째 자리에 배치된 작품

*** | 노예 12년×솔로몬 노섭 Solomon Northup
- 영화 〈노예 12년〉 원작

*** | 둔황×이노우에 야스시 Yasushi Inoue
- 1960년 제1회 마이니치예술대상 수상작 • 1976년 일본 문화 훈장 수상 작가

*** | 어느 어릿광대의 견해×하인리히 뵐 Heinrich Boll
- 1972년 노벨 문학상 수상 작가

*** | 웃는 남자 1~3×빅토르 위고 Victor Marie Hugo
- 영화, 뮤지컬 〈웃는 남자〉 원작 • 한국간행물윤리위원회 선정 '청소년 권장 도서'

*** | 휴먼 스테인×필립 로스 Philip Roth
- 1997년 퓰리처상 소설 부문 수상 작가

*** | 바보들을 위한 학교×사샤 소콜로프 Sasha Sokolov
- 1996년 푸시킨 메달 수상 작가

*** | 톰 아저씨의 오두막 1~2×해리엇 비처 스토 Harriet Beecher Stowe
- 미국 최초의 밀리언셀러 소설

*** | 아버지와 아들×이반 세르게예비치 뚜르게네프 Ivan Sergeevich Turgenev
- 미국 대학위원회 SAT 추천 도서 • 서울대학교 선정 '동서 고전 200선'
- 우리나라 문인이 가장 선호하는 '세계 문학 100선'

*** | 베니스의 상인×윌리엄 셰익스피어 William Shakespeare
- BBC 선정 '지난 1,000년간 최고의 문학가' 1위

*** | 해부학자×페데리코 안다아시 Federico Andahazi
- 16세기에 실존한 해부학자 마테오 콜롬보를 다룬 소설

*** | 긴 이별을 위한 짧은 편지×페터 한트케 Peter Handke
- 1979년 카프카상 수상 작가

*** | **호텔 뒤락 × 애니타 브루크너** Anita Brookner
- 1984년 부커상 수상 작가 • 1990년 대영제국 커맨더 훈장 수상 작가

*** | **잔해 × 쥘리앵 그린** Julien Green
- 1970년 아카데미 프랑세즈 문학 대상 수상 작가

*** | **절망 × 블라디미르 나보코프** Vladimir Nabokov
- 1931년 독일의 살인 사건을 다룬 소설

*** | **더버빌가의 테스 × 토머스 하디** Thomas Hardy
- 1910년 공로 훈장 수상 작가

*** | **몰락하는 자 × 토마스 베른하르트** Thomas Bernhard
- 1983년 프레미오 몬델로상 수상 작가

*** | **한밤의 아이들 1~2 × 살만 루슈디** Salman Rushdie
- 문학사상 최초로 부커상 3회 수상 작품

생각뿔 세계문학 미니북 클라우드 라이브러리는 계속 출간됩니다.
*** 근간 목록은 발간 순에 따라 변경될 수 있습니다.

옮긴이 | 이재호

연세대학교를 졸업했다. 출판사에서 다년간 외서 기획자 및 편집장으로 일했다. 현재는 단행본 편집과 번역 업무를 병행하고 있다. 옮긴 책으로는 『사양』, 『인형의 집』, 『프랑켄슈타인』, 『체호프 단편선』 등이 있다.

옮긴이 | 이한준

한림대학교에서 언론정보학을 전공했다. 대중과 괴리되지 않는 어휘로 옮기기 위해 노력하고, 부전공으로 공부한 사회학을 토대로 사회적 소수자를 배려하는 번역을 위해 공을 들였다. 옮긴 책으로는 『사양』, 『인형의 집』, 『도리언 그레이의 초상』 등이 있다.

해설 | 엄인정

국민대학교 국어국문학과를 졸업하고 동 대학원에서 국어교육학을 전공했다. 현재 단행본 편집과 영한 번역 업무를 병행하며 프리랜서로 활동 중이다. 옮긴 책으로는 『데미안』, 『톨스토이 단편선』, 『오만과 편견』, 『카프카 단편선』, 『그리스인 조르바』 등이 있다.

베니스의 상인

1판 1쇄 발행 2019년 4월 15일

지은이 | 윌리엄 셰익스피어
옮긴이 | 이재호, 이한준
해설 | 엄인정
펴낸이 | 생각투성이
편집 | 안주영
디자인 | 생각을 머금은 유니콘
마케팅 | 김사랑

발행처 | 생각뿔
주소 | 서울시 서초구 반포동 66-1 코웰빌딩 102호
등록번호 | 제233-94-00104호
전화 | 02-536-3295
팩스 | 02-536-3296
커뮤니티 | www.facebook.com/tubook2018 (페이스북)
e-mail | tubook@naver.com
ISBN | 979-11-89503-66-6(04800)
　　　　　979-11-964400-8-4(세트)

생각뿔은 '생각(Thinking)'과 '뿔(Unicorn)'의 합성어입니다.
신화 속 유니콘의 신성함과 메마르지 않는 창의성을 추구합니다.